美人司書と女教師と人妻

真島雄二

Madonna Mate

目次

contents

美人司書と女教師と人妻

第一章　美人司書の悩殺ヒップライン

1

返却された本を書架に戻しているところへ、中西景子《なかにしけいこ》が近づいてきたので、村山徹《むらやまてつ》也《や》はちょっとどきどきしてしまった。

徹也は学校近くの市立図書館で、ボランティアの一員として館内の仕事を手伝っていて、司書の景子は彼らボランティアの面倒を見ている。それだけなら別に緊張することもないのだが、徹也はこの年上の女性の美しさに心を奪われていた。

「本を二階まで運ぶのを手伝ってください」

「わかりました」

景子に言われて、貸し出しカウンターの奥へ移動した。

この図書館は規模のわりに職員が少なく、市内の高校の図書委員から選ばれた生徒たちがボランティアとして協力している。図書館は通常、正職員以外はアルバイトを雇っているところがほとんどだが、この街では数名の非正規職員のほかに、高校生がボランティアで手伝うのがある種の伝統のようになっていた。

ボランティア活動など嫌がる者も多いが、本が好きな徹也は図書館で働くことを自分から進んで引き受けた。もともと図書館という場所に興味があり、ボランティアをすればその仕組みを知ることができるし、何よりいち早く新刊を手にできるのがうれしかった。

将来は、景子のように図書館の司書になってもいいかもしれない。あるいは、本屋を経営するのも面白そうだ、と徹也は考えている。思い描くのは個人経営の小さな店舗で、自分の好きな本、売りたい本だけを置く個性的なブックショップだった。

ボランティアは他校の生徒たちといっしょにローテーションが組まれ、毎日ではなく週に何回か、放課後や休日に活動することになっている。高校生のボランティアなので、それほど重要な仕事を任せてもらえるわけではないが、好きな本に囲まれて、利用者のサポートをしたり、蔵書を整理したりするのは楽しかった。

「たくさんあるから、箱に詰めて運びましょう」

貸し出しカウンターの奥に移動すると、景子から指示されて、そこにある本を区分けしながら段ボール箱に入れていった。

景子は二十五歳なので、高校二年生の徹也より八歳年上ということになる。整った顔立ちをしているが、派手さはなく、涼しげな目元が魅力的だった。仕事中は長い髪を後ろでまとめているので、きれいなうなじのラインがよく見える。

身につけている服は機能的でシンプルだが、その下にはスタイルのよいスレンダーなボディが隠されているはずだ。徹也は仕事中もこっそり眺めているので、彼女のスタイルのよさに気づいていた。

「同じ大きさの本をそろえて詰めてください。そのほうが効率的だし、本も傷《いた》まないからね」

徹也たちに指示を出すとき、景子の口調は決して冷たくはないが、真面目な性格がよくあらわれていた。司書としても有能で、年齢が若いわりに、この図書館をうまく切り回しているようだった。

徹也はここをよく利用していたため、司書である景子の顔は以前から知っていて、きれいな女性なので、ずっと気になっていた。

図書館そのものに興味があったのは事実だが、このボランティアをやることにしたのは、実は景子の存在が大きかった。彼女といっしょに働けるだけで、大満足だったのだ。

とにかく景子は成熟した女性であり、洗練された美しさは、同級生の女の子たちでは比べものにならなかった。

「こっちのはもういっぱいです」

「入りきらない分はもう一つの箱に入れてね」

本を抱えて景子のほうに身を乗り出すと、かすかにいい匂いがした。

しかし、彼女は仕事柄、香水はつけていないはずだった。図書館の職員として香水の匂いはふさわしくないからだ。だとすると、この匂いは景子の生の体臭かもしれない。

そう思うと、もっと嗅いでいたかったが、彼女にバレると気まずいので、箱詰めの作業に意識を集中するようにした。

「とりあえず、この二箱を運んでしまいましょうか。村山君、大きいほうをお願いしていい？　重いけど、持てるかしら」

「大丈夫です」

徹也は重い箱を持ち上げると、景子の後ろについて階段に向かった。彼女の箱は少し小さいが、それでも女性がかかえるには重いはずで、ゆっくり歩いていく。

階段をのぼりはじめると、前を行く景子の姿を見上げる形になった。ちょうど目の前に彼女のヒップがある。

女性用のスーツとしては一般的な長さだと思うが、景子はややタイトな短めのスカートをはいていた。そのため、スカートの布地がヒップと太ももに張りつき、悩ましげな下半身のラインがあらわになっている。

しかも、階段を一段ずつのぼるたびに、交互に足が持ち上がり、スカートの中でヒップが右に左に動く様子が手に取るようにわかった。

丸尻から太ももへ続くなまめかしい曲線を眺めているだけでも大興奮なのに、スカートの中身が躍動感のある動きをしている。

景子のことを司書として尊敬する一方で、徹也は彼女の色っぽいボディが気になって仕方がない。だから、すぐ間近で揺れる下半身に目が釘付けになってしまった。

「二階の一番奥の棚まで運ぶわよ」

階段の踊り場にさしかかると、景子が振り返って声をかけてきたので、慌ててヒップから目をそらした。

しかし、再び景子が前を向くと、すかさず彼女の下半身に見入ってしまう。左右に揺れる魅惑的なヒップからどうしても目が離せないのだ。

ヒップだけでなく、適度に張りのある太ももや、パンストに包まれたふくらはぎ、細い足首まで、ここぞとばかりに視線を這わせていった。

興奮を抑えられなくて、二階に着くころには、ズボンの中でペニスがいきり立って、ちょっと歩きづらいほどだった。

それでも、箱で股間を隠しながら、奥の棚まで進んでいった。目の前の景子は、普通に歩いていると、階段をのぼるときほどヒップの動きは大きくない。だが、今度はヒップからウエストへ続くラインが、一足ごとにくねるのに見とれてしまった。

股間の膨らみに気づかれるのではないかと心配だったが、景子は途中でほかの職員に声をかけられると、箱を奥の棚まで運んだところで、その場を立ち去った。

「あとはお願いしますね」

「あっ、はい」

残りの作業を託された徹也は、機械的に箱から本を出していったが、心の中ではまだ景子のヒップのことを考えていた。

ボランティアの仕事中でなければ、すぐにでもトイレに駆け込んで、なまめかしい景子の丸尻を思い浮かべながらオナニーしたい気分だった。

2

景子に頼まれた作業が終わって戻る途中、常連の小倉理菜《おぐらりな》がいるのを見かけた。彼女は三十歳の専業主婦だが、子供がいないせいか、自分の時間が自由になるようで、よくこの図書館を利用している。

ウエーブのかかったロングヘアが目を引くきれいな女性で、笑顔に温かみがあった。徹也はこれまで書棚を案内したり、いっしょに本を探したりして、何度か理菜と話をしているが、ちょっとおっとりした感じがして、年上であるにもかかわらず、こちらが優しい気持ちになれるような人だった。

理菜は検索コーナーのパソコンの前に座っていた。パソコンといっても、利用者が蔵書を探すために設置された専用端末なので、インターネットに接続したりすることはできない。

「何かお手伝いすることはありますか」

困ったような顔をしているのを見て、徹也は声をかけた。

「あなたが来てくれてよかったわ。これ、操作方法がよくわからなくて……」

検索のやり方は前に教えてあげた気がするが、彼女と話すのは楽しいので、最初から丁寧に説明していく。

「まずは、画面にタッチして、ジャンルを選んでください」

ほっそりした理菜の指が画面に触れる。

「何かキーワードを入れると、関連した本が表示されますよ」

たどたどしい手つきで入力するのを、徹也は背後から眺めている。息を吸い込むと、ほのかな香水の匂いを嗅ぎ取ることができた。決してきつい匂いではなく、上品な香りだ。

理菜はバストが大きくて、全体的にボディラインが色っぽい。同級生の女の子たちも丸みを帯びた体つきをしているが、彼女の体の曲線は、同年代の女子にはない特別な色気に満ちていた。

「あっ、たくさん表示されたわ」

「キーワードを追加するとか、発行された年を絞り込むと、リストの数を減らすことができますよ」

理菜は絞り込む条件をしばらく考えている。

徹也は椅子に座った理菜の後ろに立っているので、背後から肩越しに胸元を覗き込めた。

上から見ると、ふくよかなバストの丸みとボリュームをしっかりと確認できた。二つの乳房が服の胸元を押し上げている。

画面をタッチして腕が動くたびに、バストが悩ましげに揺れた。後ろにいるので気づかれていないと思うが、徹也の視線ははしたなく揺れる胸の膨らみに釘付けだった。

つい先ほどは景子のヒップのことばかり考えていたというのに、今は理菜のバストで頭がいっぱいだ。

「これでどうかしら……」

追加するキーワードを打ち込むと、表示される数がかなり減った。

「検索って、意外に簡単なのね」

理菜は要領がわかってきて、もう少し絞り込むつもりのようだ。

徹也はそれを黙って見守ることにした。すぐにあれこれ教えるより、多少時間がかかったほうが、背後でじっくり覗いていられるからだ。

服のボタンは二つ外れていて、胸元が少し開いた状態だった。そのため、深い胸の谷間が、上から丸見えになっている。

いつも大胆な恰好をしているわけではないが、理菜は少々無防備なところがあった。もしかすると、かなり年下の徹也のことは、男性として意識していないのかもしれない。

だが、彼にしてみれば、成熟した人妻の色っぽい体は、もろに性欲をかき立てる。肌は白く滑らかで、バストも柔らかいに違いない。あの胸の谷間で顔を挟まれたら、どんなに興奮させられるだろう。

二つの乳房のすき間は、ちょっと汗ばんでいるのだろうか。人妻の胸にほおずりし、柔らかさを満喫したい。徹也はそんなことまで考えてしまった。

検索の追加条件を考えていた理菜は、マウスを操作して、発行年をこの十年間に絞り込んだ。

すると、わずかな腕の動きでも胸元がはだけ、ブラジャーまで見えてしまった。白い布地がちらっと見えただけだが、徹也は不意打ちを食らい、思わず理菜の胸に顔を近づけそうになった。十七歳の童貞には刺激が強すぎたのだ。

「タイトルからすると、この二冊がよさそうね」

「そ、それじゃあ、リストを印刷しておきましょう」

動揺を隠しながら、端末を操作した。検索結果がレジのレシートのような紙にプリントアウトされる。

そこで急に理菜が振り返ったので、びっくりした。胸の谷間を見ていたことがバレただろうか。

「検索のやり方を教えてくれてありがとう。私、こういうの苦手なのよ」

そう言うと、理菜は徹也の手を取って、両手で握り締めた。バレていないようで安心したが、しっとりした手がじかに触れて、どきどきしてしまった。

彼女は感謝の気持ちでそうにしたのだろうが、きれいな人妻に手を握られるなんて、初めての経験だ。

おまけに、理菜がその手を引き寄せたので、ふくよかな胸に押し当たって、どきどきがさらに激しくなった。

服の上からとはいえ、バストにしっかり手が触れているから、その柔らかさを感じ取ることができるのだ。

単に柔らかいだけでなく、手を押し返してくるような弾力性がある。服とブラジャーを通して、その下の乳房の丸みも何となくわかった。

理菜の表情からすると、別に徹也を誘惑するつもりはなく、感謝の気持ちを表すごく自然な行為のようだった。

しかし、もしほかの人に見られたら、誤解を受けるかもしれない。徹也は特に景子に見られはしないか不安だった。

だが、検索コーナーはパーティションで区切られており、すぐ近くを通らない限り、誰かに見られる心配はなさそうだ。

ほっとしたとたん、触れている手に乳房の温もりを感じて悩ましい気持ちになった。布地を通してではあるが、生身の女性のバストに触れているのだ。

このまま手を動かしたら、柔らかな乳房を揉むことになる。胸元に手を差し込み、直接、乳首にタッチすることだってできるかもしれない。

しかし、そのような痴漢まがいのことをしたら、いくらおっとりした理菜だって怒りだすに違いない。何しろ、彼女は人妻なのだ。

「今度は、この本がどこにあるか教えてちょうだい」

検索結果の印刷が終わり、理菜が手を離したので、徹也はほっとした。だが、実際はもっとバストに触れていたかったので、ちょっと残念でもあった。

二人は書棚に向かったが、徹也の手にはまだ乳房の柔らかな感触や温もりが残っていた。

3

理菜を目的の棚まで案内したあと、徹也は一人で本の整理を始めた。書架の本はラベルの番号順に並べるのが基本だが、開架だと利用者が戻す位置を間違えることがあるので、時間が空いたときにボランティアがチェックすることになっている。端から順に見ていくと、再び景子が近づいてきた。だが、徹也に何かを頼むわけではなく、利用者が探している本を取りにきたようだった。

「あの本だわ。一番上の棚ね」

景子は壁際にある書棚の前に立った。その棚はかなり高く、最上段の本は梯子を使わないと取れない。

「僕がのぼりましょうか」

「大丈夫よ」

書棚にかかっている木製の梯子をずらして移動させ、景子は慎重にのぼっていった。階段のときのようにすぐ後ろにいるわけではないが、景子の丸尻を下から見上げるような形なので、何とも絶妙なアングルだった。とにかく、ヒップの丸みがいやらしく強調されている。

「梯子を押さえていましょう」

徹也はすかさず景子のところに駆け寄り、梯子を手でつかんだ。棚から梯子が外れる危険はほとんどないが、彼女の下半身を真下から見てみたかったのだ。

決して大きなヒップではない。だが、その曲線は何とも色っぽく、丸尻にほおずりすることができたら、きっと最高の気分だろう。

ただ、梯子をのぼる景子の足は、左右にはあまり開かないので、真下にいてもスカートの中を覗くことができなくて残念だった。

もう少し足を開いてくれれば、下着が見えるはずだ。景子はどんな下着をはいているのだろうか。

パンストは薄いものなので、スカートの中があらわになれば、ショーツが透けて見えるに違いない。下着の色によっては、かなり透けるはずだ。

おそらく、オーソドックスな白いショーツのような気がするが、黒や赤だったら、彼女のイメージとのギャップに興奮させられそうだ。徹也のエロチックな妄想はどんどん膨らんでいった。

「この本で間違いないわね」

景子は本を棚から抜き出した。徹也はまだスカートに包まれた下半身に目が釘付け状態だ。

もしかすると、ショーツの股布部分が、太ももの付け根に食い込んでいるかもしれない。

当然のことながら、景子が着用している下着そのものにも興味があったが、童貞の徹也は、その中に隠されている女性の秘密の部分についても、いろいろ想像を巡らせてしまう。

「梯子を押さえていてくれて助かったわ」

「いいえ、大したことじゃありません」

残念なことに、景子がおりてきたので、徹也は梯子から手を離して、ちょっと後ろに下がらなければならなかった。

すると、景子は床から一メートルほどの高さまでおりてきたところで、突然、バランスを崩した。大きめの本をかかえていたせいか、梯子の段から片足を滑らせて、後ろによろめいたのだ。何でもしっかりとこなす彼女にしては珍しいことだった。

「きゃあっ！」

小さな悲鳴をあげ、景子が倒れ込んでくる。徹也は反射的に彼女の背中を抱きとめ、自分までいっしょに倒れないように踏ん張った。

景子が梯子から足を踏み外すなんてびっくりしたが、徹也は何とか彼女を助けることができた。

すると今度は、自分が景子を抱き締めているという事実に気がついて、頭の中がいっぱいになってしまった。

景子の体は柔らかく、適度な丸みを帯びている。服の布地を通してだが、彼女の温もりが伝わってきて、先ほども感じたほのかないい匂いが鼻をくすぐった。

少し前に目を奪われたヒップが、徹也の腰にぶつかっている。景子が下半身を動かすと、丸尻で股間が刺激され、ズボンの中のペニスが一気に硬くなってしまった。

景子に気づかれてはまずいと思ったが、その前に彼女は体を離したので、ほっとした。だが、許されることなら、できるだけ長い間、景子の体に触れていたいというのが本心だった。

「ありがとう。あなたがいなければ、ケガをしているところだったわ。村山君はどこか痛くしなかった？」

「何ともありません」

「私ももっと気をつけないとね」

徹也に礼を言い、景子は本を持ってその場から立ち去った。何か特別エロチックなことが起こったわけではないが、今日は、童貞の彼にとっては、妙に刺激的なことが続いている気がした。

4

その日、徹也は閉館時間より前に、図書館をあとにした。

ボランティアの高校生はいつも職員より早く終わるのだが、これから理菜の家に寄るつもりだったから、急いで帰り支度をして図書館を出た。

先週、理菜が借りようとした本が貸し出し中で、次に借りる予約をしてあった。今日、彼女が帰ったあとでその本が返却されたので、できるだけ早く届けてあげようと徹也は考えたのだ。

もちろん、いくら理菜が常連の利用者で、何度か話をしたことがある相手だとしても、特別扱いするのはよくないことだとわかっている。

しかし、念のため住所を確認してみると、理菜の自宅はちょうど帰り道の途中にあった。しかも、彼女はとてもその本を読みたがっていた。

それで徹也は、帰るついでに届けるくらいのことなら、してあげてもいいのではないかと勝手に判断したのだ。

もちろん、このことは景子には内緒で、貸し出しの手続きは徹也が代わりにこっそり済ませてある。

理菜の家はごく普通の一軒家だった。二階建てで、小さな庭もある。夫はまだ会社から帰ってきていないのか、駐車スペースに車はなかった。

玄関のチャイムを押すと、インターホンから声が聞こえてくるまで、少し間があった。

「どちら様ですか」

「図書館でボランティアをしている村山です」

「あら、ちょっと待ってて」

理菜はインターホンのモニターで徹也のことを確認しているようだった。それから、玄関で物音がしてドアが開いた。

ところが、なんと理菜は、バスタオルを体に巻いただけの姿で出てきた。ちょうどシャワーを浴びていたところだったらしい。

「ごめんなさい、こんな恰好で。村山君を待たせちゃいけないと思って」

「す、すみません、予約をいただいていた本が、ついさっき返却されたので、なるべく早く読みたいだろうと思って……」

「わざわざ家まで届けてくれたの？」

確かに普通はそこまでしないので、理菜はびっくりしている様子だった。

「あの、ちょうど帰り道だから、ついでに寄っただけで……」

徹也はもごもごと言い訳をした。

「本当にありがとう。早く読めるのはうれしいわ。さあ、中に入って」

「いえ、でも……」

理菜がシャワー中だったということで、徹也は家に入るのをためらった。

「せっかく来てくれたんだから、冷たいものでも飲んでいってよ。すぐ用意するから」

本を届けたお礼ということらしい。ふらふらと家の中に足を踏み入れると、彼は理菜のボディにすっかり目を奪われてしまった。

バストからヒップまではバスタオルで隠されているが、肩とむっちりした太ももがかなり露出している。

慌てて出てきたようで、二の腕や太腿の裏側に拭き残した水滴がついていた。シャワーを浴びた直後の肌はしっとりなまめかしく、人妻の生身の肌だと思うと、なおさら興奮させられる。

それに、理菜は薄いバスタオル一枚しか身につけていないので、いかにも危うい感じがした。透視能力などなくても、色っぽいボディラインが手に取るようにわかる。徹也はヒップの丸み、ウエストのくびれ、そしてバストが思っていた以上に大きいことを知った。

理菜は彼を家の奥へ案内するが、歩くたびにヒップを覆っているバスタオルがずり上がった。当然のことながら、白いバスタオルの下はノーパン、ノーブラだが、そんなことは気にせず、どんどん進んでいく。ヒップが丸出しになるのではないかと思い、胸のどきどきはさらに激しくなった。

「どうぞ、そこに座ってちょうだい」

徹也が連れていかれたのはリビングだった。普通の部屋だが、他人の家はどうも落ち着かない。

言われたとおり、ソファに腰かけると、理菜はそのまま隣のキッチンへ行き、ペットボトルのオレンジジュースと氷を入れたコップを持ってきた。

「それを飲んだら、すぐに帰りますから」

「そんなに急がなくてもいいじゃないの、一人でつまらなかったんだから、ちょっとお話でもしましょうよ」

理菜はどぎまぎしている徹也の顔を覗き込んだ。年下の少年をからかうような笑みを浮かべている。

「あの、先に服を着たほうが……」

人妻のバスタオル姿は、童貞の高校生には目の毒だった。

「汗が引くまでちょっと待ってね。慌てて出てきたものだから」

胸の部分はふくよかなバストラインが強調されているだけでなく、乳房の天辺にある乳首の位置も何となくわかった。なまめかしい突起が、タオルにうっすら浮かび上がっているのだ。

それに加え、理菜が動くたびにバスタオルの中で柔らかなバストが揺れており、ちょっとした衝撃で胸がはだけそうな気がした。

理菜はビールをつぐときのように、徹也にコップを渡し、ペットボトルのジュースをついだ。

ところが、差し出す徹也の手が震えたせいで、ジュースがコップからこぼれてしまった。オレンジ色の液体がソファに座っている徹也のズボンを直撃する。

「ああっ、ごめんなさい……」

理菜はつぐのをやめてペットボトルをテーブルの上に置いたが、慌てて動きが大きくなり、思わぬことが起こった。

バスタオルが外れ、床に落ちてしまったのだ。

「あんっ、イヤ……」

色っぽい人妻の全裸姿を目の当たりにして、徹也は息を呑んだ。理菜は慌てて恥ずかしそうに胸を手で隠したが、その前に、ボリュームのある生の乳房をしっかり目に焼きつけることができた。

サイズはどれくらいあるのだろうか。グラビアでしか見たことがないので、実際に何カップかはわからないが、とにかく迫力のある巨乳だった。乳輪はそれほど大きくなく、乳首は色づいて尖り出していたようだ。

バストが見えたのはほんの一瞬だったが、理菜が両手で隠したので、代わりに下半身が丸出しの状態だった。

足を閉じてかがんでいるため、秘密の部分を確認することはできないが、恥丘には濃いめのアンダーヘアが生えそろっている。

あんまりじろじろ眺めるのは失礼かと思ったが、目をそらすことができない。むき出しの胸や下腹部を食い入るように見つめると、ペニスがどんどん硬くなり、ズボンの前が突っ張ってくる。

「ズボンが濡れちゃったわね……」

理菜は恥じらいに満ちた表情でバスタオルを拾い、それで体を隠しながら徹也に近づいてきた。

「濡れたものはすぐ脱がないと……」

そう言って、ジュースまみれになったズボンを脱がそうとする。バスタオルを持っているので片手しか使えないが、有無を言わせないところがある。

徹也は戸惑っているうちに、その場に立たされ、ズボンをおろされてしまった。

「まあ、すごいわね」

「いえ、こ、これは……」

ブリーフは見事なテント状態になっていた。

「パンツもジュースで濡れているわ。はきかえたほうがいいんじゃないかしら」

理菜はブリーフの股間と徹也の顔を交互に見た。下着が濡れたことを心配しているというより、勃起したペニスを見たいだけのような気がした。そもそも徹也は、はきかえる下着など持っていないのだ。

「恥ずかしいの？　顔が赤いわよ。村山君て可愛いわね」

理菜は徹也を再びソファに座らせ、隣に腰かけた。

「だけど、そこは元気でたくましいのね」

バスタオルで体を隠したまま、片手を徹也の太ももに置いた。盛り上がった股間から二十センチくらい離れているが、しっとりした手が触れたとたん、ペニスが脈を打った。

「家に来たときから、私の体をじろじろ見ていたわね」

「す、すみません……」

「謝らなくてもいいのよ。それに、今日、図書館でも私のオッパイに興味津々だったでしょ」

ということは、検索のやり方を教えてもらいながら、理菜は徹也の視線に気づいていたのだ。

わざと胸元を開き気味にしていたわけではないと思うが、彼に見られているとわかっても、外れたボタンをそのままにしていたことになる。

「私、うれしかったわ。高校生の男の子がこんなおばさんの体に興味を持ってくれるなんて」

「小倉さんはおばさんじゃないです」

「でも、同級生の女の子たちと比べると、おばさんでしょ」

「そんなこと、ありません。こんなきれいな人が、おばさんだなんて……」

「そう言ってくれると、うれしいわ。図書館でもそうだったけど、私ね、村山君の視線を感じて、体が熱く火照っちゃったわ」

検索の端末を操作していたとき、自分だけでなく、理菜もいやらしい気持ちになっていたと知って、徹也はちょっとびっくりした。

「あなたも私の体を見て、こんなふうになったのね」

理菜は盛り上がったブリーフの股間をじっと見つめた。それだけでペニスを触られているように感じてぞくぞくする。

「いやらしい目で見てたんでしょ」

責める口調ではなく、むしろうれしそうだ。この場の空気がどんどん妖しくなるので、徹也はどきどきが止まらない。

「私もあなたの体に興味が湧いてきちゃった……」

理菜の声がややかすれ気味になって、太ももに置いた手が少し動いた。股間に手を伸ばそうとしてやめたようで、いきり立ったものに触りたいのかもしれない。迷っている様子が伝わり、徹也は口の中がからからに乾いてきた。

再び理菜の手が動くと、最初こそおずおずという感じだったが、すぐに我慢できなくなったのか、こんもり盛り上がる股間に手のひらを乗せた。

「さ、触っちゃった……」

理菜はいっそうかすれ声になった。だが、いったん触れるともう抑えるものがなくなって、硬直したペニスをしっかりと握り締めた。

ほっそりとした指で握られているだけで、徹也のものはさらに硬さを増して、早くも先走り液を漏らしてしまった。

「こんなことすると、興奮するわね」

理菜は普通の声に戻ったが、息が弾んでいる。そして、硬さや太さを確かめるように、握ったり緩めたりを繰り返した。

それがことのほか気持ちよくて、ペニスがまた脈打って先走り液が漏れた。

すると、理菜は手を止めて、何か考えている。

「やっぱり脱いじゃいましょう」

そう言うのと同時に手が動いて、ブリーフのウエスト部分に指がかかった。さっきは「はきかえたほうがいい」と言ったが、やはり勃起したペニスを生で見たくて、脱がせるのが目的だったに違いない。

徹也は自然に腰を浮かせ、脱がせやすくしていた。

理菜は両手で脱がそうとして、押さえていたバスタオルまで離してしまった。いやらしい乳房がさらけ出され、徹也の目が吸い寄せられる。

ぐるりと腰の後ろへ手を回したとき、二つの乳房が悩ましく揺れて、尖った乳首はペン先のように楕円を描いた。

ふくよかな乳房を見せつけたまま、理菜はブリーフを引きおろす。張り詰めた亀頭が姿を見せたとたん、彼女は瞳を輝かせ、一気にずり下げてペニス全体を暴きだした。

「すごいわ……」

たくましく勃起したものを見て、心を奪われたような呟きを漏らした。濡れた目でちらっと徹也を見ると、ためらうことなくペニスを握り締めた。

「うっ……」

瞬間的に快感がアップして、徹也は思わずうめいてしまった。

理菜はうっすらと笑みを浮かべ、握った手を動かしはじめた。

「気持ちよくしてあげるわ」

リズミカルにペニスをしごかれると、気持ちよすぎてどうにかなりそうだった。

マスターベーションでも自分の手でペニスを刺激しているが、他人にしごかれるのがこんなに気持ちいいとは知らなかった。

サオが弓のように反り返り、先走り液も次から次へと溢れ出して、理菜の指を汚している。

彼女はその先走り液のぬめりを利用しながらしごき立て、サオの皮を突っ張らせるように摩擦した。

「ううっ……」

「うめき声も可愛いわね」

理菜の指は巧みに動き、亀頭の裏側やカリ首の溝を這い回っている。マスターベーションと違って、彼女が次にどこを触るかがわからないので、意外性が快感をさらに増幅させたりもする。

「こんな硬いオチ×チン、初めてだわ」

美しい人妻の口から「オチ×チン」という卑猥な言葉が飛び出して、徹也はますます興奮をあおられた。その言葉からすると、理菜の夫のものはこれほど硬くならないということだ。

理菜のことを性格のおっとりとした女性だと思っていたが、今は別の面を見せつけられていた。貪欲というほどではないが、積極的に責め立てているのだ。

それにしても、自宅まで本を届けてあげて、全裸の人妻にペニスをしごいてもらうことになるとは思わなかった。これが現実の出来事だと、にわかには信じられない。

柔らかなバストが腕に押しつけられ、グニュッと歪んでいた。何ともエロチックで色っぽい形に押しつぶされている。その形だけでなく、腕に伝わる悩ましげな感触にも欲望をかき立てられた。

しかし、今の徹也には、乳房にタッチして反撃する余裕はなかった。いきり立ったものは、早くも切羽詰まった状態になっている。

「この硬さがたまらないわ」

理菜はサオをしごきながら、もう片方の手のひらで張り詰めた先端部分を包み込むようにして、撫で回しはじめた。先走り液のぬめりが亀頭全体に塗り広げられ、絶妙な摩擦が襲いかかってくる。

「くううっ、腰が震えちゃいます……」

そそり立ったサオをしごかれるだけでも危ういのに、同時に亀頭までこすり回され、あっという間に暴発の危機が迫ってくる。

サオと亀頭に加わる刺激は微妙に異なっており、それが相乗効果を生み出している。

今までに体験したことのないような手しごきの快感がペニス全体に広がり、サオの付け根から玉袋、さらには下半身の広い範囲へと拡大していく。

亀頭を撫で撫でされ、サオをこすり立てられるスピードがさらに速くなり、徹也はギブアップ寸前だった。

「も、もうダメです……」

「我慢しなくていいのよ」

理菜は手しごきをやめるつもりはないようだ。むしろ、高校生の徹也を弄《もてあそ》んで楽しんでいるようだった。

「ううう、出る……」

色っぽい人妻の手が、激しい射精に導いてくれた。噴き出したザーメンは亀頭を撫で回していた手にかかったが、手のひらだけでは受け止めきれず、床にまでまき散らされた。

「すごい勢いだったわね」

理菜の手は精液まみれだが、それをまったく気にしていないようだった。白濁液が付着した自分の手を顔に近づけ、なまめかしい表情を浮かべながら匂いを嗅いだり、指を動かしてザーメンの粘り具合を確かめたりしている。

人前で射精するのは恥ずかしかったが、徹也は初めての体験で満ち足りた気分を味わっていた。

第二章　Fカップ人妻の熟れた秘裂

1

理菜はザーメンまみれになったペニスをティッシュできれいにしてくれた。

一度、発射したにもかかわらず、勃起が衰えることはなく、きれいに拭き終わっても、彼女は徹也のものに手を添えたまま、じっと見つめている。

射精させたことで、十七歳の若いペニスにいっそう関心が深まったようだ。あるいは、童貞と見抜いて興味津々なのだろうか。

徹也も興奮が治まらない。揺れるバスト越しに見える、張り詰めた太ももと恥丘に生えた陰毛から目が離せないのだ。

「私のここに興味があるの？」

それに気づいた理菜は、ぞくぞくするほど妖艶な表情で尋ねた。図書館で顔を合わせるときとは大違いの色っぽさだ。

徹也は考えるまでもなくうなずいた。

「どうしようかしら……そんなに見たいなら、見せてあげないこともないんだけど……」

だが、理菜はまだためらっているのか、それとも焦らしているのか、すんなり見せてくれない。

「お願いします。ぜひ、見せてください」

「その前に、あなたも服を全部脱いじゃいなさいよ。そうしたら見せてあげる」

「で、でも、誰か来たら……」

もちろん女性の秘密の部分を見たかったが、自分まで全裸になるように言われると、理菜の夫のことが急に心配になってきた。そろそろ帰ってきてもおかしくない時間だ。

「誰かって、夫のこと？　それなら大丈夫よ。仕事が忙しいから、いつも帰りが遅いの」

理菜の口調は自分に言い聞かせるような感じだった。

「さあ、脱いで」

　理菜は徹也を立たせ、手際よく服を脱がせていった。射精させただけではすまなくて、もっといろいろ可愛がってみたいという気持ちになったのか、脱がせながら徹也の乳首を指先でくすぐったり、尻を撫で回したり、いろいろ悪戯を仕掛けてくる。意表をつく刺激に、彼は体をよじらせた。

徹也が裸になると、代わりに理菜がソファに座った。

「じゃあ、特別に私も見せてあげるわね」

腰を前に突き出すようにして、ゆっくりと足を広げていく。

途中でためらうように止まったかと思うと、また開いていった。恥ずかしさを覚えながらも、年の離れた高校生に秘部を見せることを楽しんでいるのかもしれない。

徹也は理菜の正面にひざまずき、息を詰めて見入った。濃いめのアンダーヘアに隠れていた部分が、徐々にあらわになっていく。

ネットの無修正画像やアダルト動画で見たことはあるが、実物を目にするのはこれが初めてだ。

恥丘を覆う陰毛は逆三角形だった。ワレメの両側にまで生えているが、大陰唇の部分はそれほど濃くなかった。

むき出しの大陰唇にワレメが深々と刻み込まれている。その縦筋から淡い褐色の小陰唇がはしたなくはみ出していて、徹也は手を伸ばして指でつまんでみたくなった。

「やっぱり恥ずかしいわ……」

そう言いながらも、理菜はひざを曲げて、ソファの上に両足をのせ、M字開脚のポーズを取った。確かに色白の肌が朱に染まりつつあったが、男子高校生の熱い視線を浴びても、理菜は足を閉じたりはしなかった。

「小倉さんのここ、きれいです……」

正直な感想も、声がうわずってしまった。女の秘密の部分を間近で目にすることができて、徹也は感動と興奮に包まれていた。だが、すぐにこれだけでは物足りなくなった。

「もっと中まで見せてもらえませんか」

「仕方ないわね」

理菜はややうわずった声で言うと、大陰唇に指を添え、左右に引っ張った。秘裂がラグビーボールのような形になり、秘肉がさらけ出される。

「わっ、中は桜色なんですね。それに、濡れてる……」

初めて見る女の秘肉は、思っていた以上に鮮やかで、艶やかだった。色合いは神秘的で、同時に卑猥でもあった。そう感じるのは、秘肉がぬめりを帯びて見えるせいかもしれない。

女性のこの部分はもともと湿り気を帯びているそうだが、こんなに濡れているのは理菜の体が感じやすい証拠だろう。裸を見られたり、ペニスをしごいて射精させたりするうちに、興奮して濡れてしまったに違いない。

ワレメをかなり広げてくれたので、秘穴の入り口だけでなく、内部にたくさんのヒダが折り重なっているのが見える。

ネットで目にしたことがあるとはいえ、秘貝がここまで複雑な構造をしているとは思わなかった。

食い入るように見つめる徹也は、理菜の下半身にじわじわ接近し、いつの間にか秘裂に顔をくっつけそうになっていた。色や形を観察するのに夢中になり、我を忘れてしまったのだ。

「触ってみてもいいですか」

「今だけ特別よ」

理菜が手を離すと秘裂は元に戻るかと思ったが、広げる前と同じようには閉じないで、濡れた口を少し開いた状態だった。小陰唇が心持ち厚くなって、ぴったり閉じないようだ。

本当はその濡れたワレメの内部を触ってみたかったが、いくら許可が下りたといっても、そんなところに直接触れたら、あつかましいことをすると怒られそうな気がした。

徹也は気が引けてしまい、緊張して震えそうな手をおずおずと恥丘に伸ばし、陰毛に触れてみた。

すると、見た目どおり濃く茂っていたが、意外に触り心地がよかった。自分のゴワゴワ、ジョリジョリした毛と違って、人妻のアンダーヘアは細くて柔らかい手触りだった。

いったん触れてしまうと緊張は和らいで、指先で感触を楽しみながら、恥丘を撫で回すことができた。陰毛の下の肉は柔らかく、硬い恥骨の上でムニョムニョと動く。

茂みから露出している大陰唇にもタッチしてみた。その部分はさらに柔らかく、それでいて弾力を感じる。不思議な感触につい夢中になって撫で回すと、秘裂が変形して卑猥な歪みを見せた。

調子に乗っていじっているうちに、内部のぬめりが大陰唇にも広がり、指先がヌルヌルしてきた。それは童貞の高校生を誘惑するぬめりだった。

徹也はしだいに我慢できなくなり、艶やかな桜色の秘裂を指先でなぞってみた。

「あうっ……」

ちょっと指を這わせただけなので、触り心地ははっきりしないが、理菜はそれだけでなまめかしい声を漏らし、表情を崩した。はみ出した小陰唇も、はしたなく小刻みに震えている。

秘裂を直接触っても怒る気配はないので、ワレメの内側がどんな触り心地なのか、確かめずにはいられない。

「くふうっ……」

思いきって指をめり込ませると、理菜は甘いため息をついた。小陰唇はめくれたままだが、秘裂の縁が指といっしょに陥没している。

「こんなにヌルヌルしてる……」

外側のぬめりなど比べものにならず、粘膜が溶けかかっているような感じだった。しかも、単にぬめるだけでなく、熱く火照っていた。

内側の粘膜を指でゆっくり摩擦すると、柔軟性のあるワレメが、いっそう大きくひしゃげるのが卑猥だった。

「くはあっ……」

「ここ、指が入っちゃいそうですけど……」

あちこち探っているうちに、ヴァギナの入り口に中指の先が沈みそうになり、ほんのちょっとした弾みで、第一関節まで挿入してしまった。

「はあんっ……」

理菜はさらになまめかしい声をあげ、指を締めつけた。思わず奥まで入れてしまうと、入り口も中もそれぞれが悩ましげに締めつけてきた。

内部の粘膜があまりにもヌルヌルしているので、徹也は自然に指を入れたり引いたりしていた。加減がわからないので、慎重にするようにしたが、ぬめりはどんどん増していった。

膣穴の締めつけ、内部の悩ましげなとろけ方、秘肉や小陰唇の敏感な反応、それらすべてが興奮をあおってやまない。

濡れた陰毛が大陰唇に何本か張りついて、内側の粘膜にまで伸びているのもあった。邪魔そうなので、いったん指を抜いて、張りついた毛をどけていると、急に理菜が腰をくねらせた。

「あうふっ！」

一瞬、何が起きたのかわからなかったが、ワレメの上のほうの毛をどけようとして、どうやらクリトリスに接触していたらしい。

知識としては知っていたが、理菜のクリトリスは皮を被っていて直接見えないので、今まで気にしていなかった。それよりワレメと秘穴にばかり、目が行っていたのだ。

徹也はワレメの上部の少し膨らんだところに見当をつけて、指先でちょんと押してみた。すると、膨らみの下からぽつんと小さな突起が顔を出した。

「これか……」

中指の先でそのやや白っぽい肉豆にタッチして、こね回した。

「はあっ、気持ちいいわ……」

とたんに理菜の腰がソファの上ではしたなく揺れ動いた。下半身を小さく右に左に振っている。

クリトリスがこれほど敏感だとは思わなかった。ちょっと触るだけで、理菜の下半身が大きく乱れるのだ。

しかも、その淫らな反応を自分自身の手で引き起こしているのだと思うと、徹也は興奮して胸を激しく揺さぶられた。

「ああんっ、中も……」

「もう一回、中を触ってほしいんですね」

指を秘穴に持っていくと、ヴァギナから染み出した愛液がねっとり絡みついてくる。クリトリスを刺激したせいで、こんなに濡れてしまったらしい。先ほどは粘膜のぬめり程度にすぎなかったが、今は濃厚な蜜液の粘り気をしっかりと感じ取ることができた。

「奥まで指を入れますよ」

中指を第二関節までめり込ませた。秘穴は締まっているが、たっぷり濡れているおかげで、さらに奥までスムーズに挿入できた。

「はああっ……」

理菜は深い挿入を喜んで、喘ぎ声をあげた。人妻のヴァギナは締まり具合が実に悩ましげで、秘肉が指を優しく包み込んでいる。

「動かしてみて」

指を出し入れさせると、摩擦された秘肉が蠢くような、あるいは震えるような反応を示した。

「はあっ、はあっ……」

指の動きによって、小陰唇が大きくめくれ返る。さらに溢れてくるので、中指はすぐに愛液まみれになってしまった。

「どんどん濡れてきます」

「もっと激しくしてくれていいのよ」

徹也は指の動きを速め、付け根まで潜り込ませて出し入れした。

「ああっ、あああっ……」

理菜が腰を激しく揺らすので、彼女の足が顔にぶつかりそうになった。

指一本で理菜をここまで感じさせているということで、感動と興奮が徹也を揺さぶっていた。

秘穴の内部はとろけた状態になって、秘肉が淫靡な熱を帯びている。試しに指を抜いてみると、秘裂と指先の間に愛液が糸を引き、開き気味になったワレメから蜜汁が漏れ出してきた。

「ひくうっ！」

いっそう卑猥な光景に思わず見入ってしまうと、理菜は股間に手を伸ばし、秘穴に中指を潜り込ませた。ほっそりした指が、あっという間に根元まで埋没してしまう。

「くふうっ、あはあっ……」

理菜の指の動きは多彩だった。ただ出し入れするのではなく、中で指をぐるぐる回したり、向きを変えて内壁のあらゆる部分を摩擦している。

「ふううっ、お汁がこぼれちゃうわ……」

彼女の言うとおりだった。指の動かし方が激しいので、秘穴から愛液が溢れ出し、ソファに垂れて染みができている。

2

「これじゃあ、ちょっともどかしいわね……」

理菜はそう言うと、中指に加え、人差し指もいっしょにして蜜穴へ埋め込んだ。

「二本も入れるなんて……」

指は細いが、それでも二本同時にめり込ませると、秘穴がかなり拡張されて、入り口部分もはしたなく歪んだ。

その上、ねじれを加えながら二本指を動かすと、柔軟なワレメがよじれるように変形した。

壊れそうなほど形が変わるわけではないが、挿入した状態なのに、ワレメと指の間で粘り気を帯びた愛液が糸を引くのがいやらしい。

「くううっ、ううっ……」

指の動きが激しくなると、理菜の腰がソファから浮き上がった。色っぽい人妻のなまなましい反応に圧倒されながらも、その姿に見入ってしまった。

「いつもこんなことをしているんですか」

「ええ……」

理菜がよくオナニーをしているらしいと知らされ、ちょっと驚いた。ワレメをかき回す指や揺れ動く腰を眺めながら、ふだん、彼女が家でオナニーしている姿を想像して、胸を高ぶらせた。

理菜のような美人でもそんないやらしいことをするなんて、女性というのは、徹也が思っているよりずっと淫らな生き物なのかもしれない。

「あなたに見られていると、よけい感じちゃうわ」

オナニーに没頭しているようでいて、理菜は徹也の存在もちゃんと意識しており、そのせいでこんなに乱れているようだった。

そういえば彼女の指は、まるで徹也に見せつけるかのように、秘穴にたまった愛液をかき出していた。その甘酸っぱさを濃厚にしたような匂いが鼻をくすぐる。

理菜は二本の指をヴァギナから引き抜き、クリトリスを刺激しはじめた。包皮の上からぐりぐり揉みほぐしたり、こすり回したりする。

それが気持ちいいやり方なのだと、見ている徹也は参考にするつもりだが、自分がやったのとは、指の動きが全然違っていた。とにかく速いし、活発に動くのだ。かなり強めのようだが、ぬめっているからそれくらいがちょうどいいのかもしれない。よく動く人妻の指は、見ているだけで興奮する。だが、しだいにそれだけでは我慢できず、自分も手を出したくなってきた。

理菜が二本指を抜いた後の秘穴がぽっかり空いているので、徹也は代わりに指を挿入した。今度は人差し指と中指の二本だった。

「あああっ、そうよ……」

そうするように命じてはいないが、理菜はヴァギナを責めてほしかったようだ。膣穴をかき回されるのも、クリトリスをいじくり回すのも、両方とも気持ちいいらしい。徹也が協力することによって、快感は間違いなく高まっており、ソファの上で腰が卑猥に躍動している。

それにしても、人妻のオナニーに手を貸すことになるなんて、すごいことだった。実際には無理だが、できることなら学校の友だちに自慢したいくらいだ。

「はあっ、はふうっ……」

出し入れできないほどではないが、指は強く締めつけられていた。二本挿入していて、中指だけの時より太くなっているから当然だが、かなり強力な締めつけだった。

「いいわ、クリちゃん、痺れちゃう……」

クリトリスを刺激すると、痺れるという感覚が生まれるらしい。あの小さなパーツに電気が走るような感じだろうか。女性の体には、いろいろ謎が隠されているようで、童貞の徹也は胸がわくわくする。

指を細かく動かして、秘肉を丹念に摩擦すると、理菜の腰の震えが激しくなった。愛液も大量に漏れ出して、秘穴からクチュクチュという音が聞こえてくる。

「はひいっ……」

それから、二本指を付け根まで蜜穴に入れ、もっと奥を刺激してみた。粘り気のある音が先ほどよりもいやらしさを増し、リビングに響き渡った。

理菜はリズミカルにクリトリスをこすり回しながら、さらに高く腰を持ち上げ、大きく振り乱し、ソファから落ちそうになった。

徹也は人妻の乱れ具合に圧倒されながらも、蜜穴を責めつづけた。理菜がしていたように、膣穴のあちこちをこすってみる。

内壁の状態は一定ではなく、凸凹の細かいところや緩やかなところ、それにかなり粗い部分もあった。それらを確かめながら責めていった。

「あああんっ、あんっ！」

　すると、突然、理菜は上下左右に大きく腰をくねらせた。まるで体の中を何かが走り抜けていったような感じだった。

　どうにか、ソファからは落ちずにすんだが、激しく腰を乱れさせ、背もたれにぶつけ、横に置いてあったクッションに下半身をこすりつけている。

　秘穴から指が抜けそうになったが、逆に締めつけも強くなり、まだ挿入したままだった。単に強く締まっているだけでなく、秘肉の蠢きが活発になり、愛液もさらに溢れ出している。

　反応の激しさにびっくりして指を引き抜くと、大量の愛液が流れ出し、ソファに滴り落ちた。

「ふううんっ……」

　どうやら、理菜はオナニーで小さなアクメに達したようだった。アダルト動画とは違い、本物のアクメを生で見る迫力は、想像をはるかに超えていた。

「とてもよかったわ、はあっ……」

　なまめかしいため息をつきながら、理菜は足を閉じ、体勢を立て直した。

「今度は、あなたが横になって」

理菜が体を起こしたので、入れ替わりにソファに体を横たえた。すると、彼女は徹也に抱きつくように添い寝した。決して大きなソファではないので、二人の体が密着した。

豊満な乳房が腹のあたりに押しつけられ、理菜は恋人のように体を預けていた。足も徹也の太ももに絡ませている。

そうやってアクメの余韻に浸っているように見えて、理菜はそそり立ったものをしっかりと握り締めていた。

「気持ちよくしてもらったから、お礼をしなくちゃいけないわね」

徹也はオナニーに手を貸すことで十分興奮を覚えていたし、その前には彼女の手で射精させてもらっている。だが、もちろんそのことを口にするつもりはなかった。

理菜は体をずらし、徹也の顔にバストを近づけた。大きめの乳房が顔にぶつかり、その悩ましげな感触を顔面で満喫することができる。

「オ、オッパイがぶつかってきます」

「やっぱり、男の子はオッパイが好きよね」

人妻のバストがほおに接触してつぶれ、弾力や揺れがダイレクトに伝わってくる。

理菜の肌は柔らかいだけでなく、とても滑らかだったが、シャワーのあとなので少し汗ばんでしっとりしていた。人妻の生の体臭とともに、ほのかにミルクのような甘い匂いが鼻をくすぐる。

「小倉さんのオッパイ、何カップですか」

「Fよ」

「そ、そんなに……」

この大きさがFカップなのだと、経験のない徹也は頭に刻み込んだ。

最初は柔乳にほおずりするだけだったが、すぐに深い胸の谷間で顔を挟まれてしまった。

「オッパイ、吸ってもいいですか」

「いいわよ」

バストで顔を圧迫され、息苦しくなりながらも、乳首をとらえて吸いついた。

「くふうっ……」

すぐに乳首がこりっとしてきて、理菜は体を震わせた。授乳中の赤ん坊のようだが、ただ吸うだけではない。強く吸うと反応が大きくなるし、吸引に加え、乳首を唇で挟んで引っ張ったり、舌先で乳頭をつついたりもした。

理菜は甘いため息をつきながら、上半身を震わせた。もう片方のバストがなまめかしく揺れ、ほおにぶつかってくる。

そちらに移って、さらに舌でつんつん弾いてみた。

「はふっ、はううっ……」

すると、理菜が狂おしげに腰をくねらせ、ワレメが太ももにこすりつけられた。ぬめった感じがするが、それは先ほどのオナニーの名残ではなく、乳首を吸われて、新たに愛液が染み出しているようだった。

理菜は徹也の顔からバストを離し、上に覆いかぶさってきた。その体勢で、勃起したものを太ももの間に挟んだ。

「こうすると、たくましさがじかにわかるわ」

徹也のものは一気に硬さを増し、反り返った。太ももの内側の柔らかさと温もりが感じられるだけでなく、濡れそぼった秘貝がペニスに接触している。

「徹也君の、どんどん大きくなっていくわね」

その状態のまま、二人はソファの上で横向きになり、抱き合った。理菜が腰を動かすと、硬直したものが秘裂や太ももで妖しく摩擦される。これはアダルトビデオで見た素股状態だと気づいて、徹也は震えるほど高ぶった。

「はくうっ……」

理菜が耳元で喘ぎ、熱い息がかかると、興奮は限界ぎりぎりまであおられてしまった。合体してはいないが、実際のセックスに近い感覚のような気がするのだ。

「すごいです、ヌルヌルです……」

ワレメから流れ出した愛液がペニスに絡みついてきた。めくれ返った小陰唇が、亀頭やサオにヌルッとくっついている。

「あくううっ！」

理菜が色っぽい声をあげ、腰をビクッと震わせた。偶然、亀頭がクリトリスにぶつかったのだ。彼女は淫らに腰を動かし、お互いの性器の密着感をさらに高めようとする。

そのうちに、亀頭が少しワレメにめり込んでいるような感じがした。理菜が好きなように腰を動かしているので、もう少しでペニスがヴァギナに入りそうになっている。そうすれば童貞でなくなるのだと思うと、徹也の腰も勝手に動いて、気持ちいいぬめりがさらに強まった。

「ひはあっ！」

理菜がとりわけ悩ましげな声で喘いだ瞬間、亀頭が心地よい粘膜のぬめりに包まれた。

とたんに徹也は、ぐいっと腰を突き出していた。同時に理菜も腰をずらしたようで、ペニスは人妻の秘穴にしっかりと呑み込まれた。

「は、入っちゃいました……」

童貞を卒業した瞬間、徹也は大きな感動を覚え、心を躍らせた。

しかし、悠長に感動にひたっている暇はなかった。すぐさま、圧倒的な快感が襲いかかってきたからだ。

さっきの素股も気持ちよかったが、ヴァギナに挿入すると別次元の陶酔感を味わえる。

媚肉のぬめりや火照りが何ともいえない妖艶な刺激につながって、内部はとても柔らかいのに、もたらされる快感はあまりにも強烈だった。

「この硬さ、たまらないわ……」

理菜も負けず劣らず気持ちいいようだ。二人は抱き合ったまま、しばらくじっとしていた。

秘肉が収縮と弛緩を繰り返し、妖しく蠢いている。秘穴の入り口も奥も、ランダムな締めつけが生じて、じっとしていても徹也のものは勝手に膨張していった。

徹也は初体験の相手が結婚している女性だったことで、いっそう高ぶっていた。同級生ですでに童貞を卒業した者はそれなりにいるだろうが、相手が人妻というのは自分だけかもしれない。

そう考えると、単に大人の男の仲間入りをしただけでなく、一気にその上の段まで進めたような気がするのだ。

ところが、理菜が人妻であることを意識すると、夫のことも頭に浮かんでしまった。いつも帰りが遅いというので、今まで気にしていなかったが、たまたま今日は早く帰れた、などということはないのだろうか。

こんなところに帰ってきたら一大事なので、危険な匂いを感じて体が震えた。だが、それでかえって興奮も高まるのだった。

「このまま仰向けになって」

理菜に言われてソファに寝そべると、彼女は結合が解けないようにいっしょに体を動かし、上体を起こして徹也の上にまたがった。

理菜を見上げる騎乗位の体勢は、バストのまろやかな曲線とボリュームが強調される。この体位だと、ペニスの挿入角度も少し変化するようで、徹也のものはとろけかけた秘穴の中で新たな刺激を受けていた。

「はあんっ、はあんっ！」

理菜が腰を振りはじめると、ペニスはヴァギナの中で振り回され、揉みくちゃにされた。新たな摩擦感が、いっそう快感を高めてくれる。

前に比べると、締めつけが若干強くなったが、ペニスはスムーズに出たり入ったりしている。

内部の肉ヒダが勃起したものにまとわりつき、こすり回しているのを細かく感じ取ることができた。とりわけ、亀頭の裏側やカリ首の溝までなまめかしくこすり立てるのが気持ちいい。

「ひくうっ、奥まで届いているわ……」

「ええ、根元まで入ってます……」

深く入ったペニスが、理菜の動きで過激に揺さぶられている。ただ結合しただけでも感動的だったが、こうして膣穴でこすられるのは最高だ。これが本当のセックスなのだと、徹也は舞い上がる思いで快感を受け止めていた。

「あはんっ、あはんっ……」

理菜の腰の動きはいっそう激しくなって、お互いの陰毛がジョリジョリ音を立ててこすれる。

膣口の締めつけ、粘膜のぬめり、肉ヒダの摩擦感など、さまざまな刺激に翻弄されると、一度、射精しているにもかかわらず、あっという間に切羽詰まった状態になった。

暴発しそうな下半身から意識をそらすため、徹也は結合部から目を離した。だが、バストに目を向けたのは逆効果だった。

理菜の腰の動きに合わせてたわわな巨乳が揺れまくっており、弾んだりぶつかり合ったりするのがあまりにエロチックなので、思わず手を伸ばし、揉んでしまった。

魅惑的な手触りに胸を躍らせたが、大きく揺れる乳房は、手の中に収めておくのが難しい。するりと手から飛び出して、何度もつかみおなすことになった。

「ああんっ、あああっ……」

すると、理菜は上半身を倒し、バストを近づけてきた。徹也は体を起こして、リズミカルに揺れる二つの乳房に顔をうずめた。

柔らかな肉が両方のほおに衝突し、甘い匂いで息が苦しくなるが、それさえも心地よかった。

もちろん、その間も理菜の腰は動き続けており、結合部から粘り気を帯びた淫らな摩擦音が聞こえてきていた。

「あはああっ……」

理菜はダイナミックに腰を動かし、いきり立ったもので奥まで串刺しにされる状態を楽しんでいる。徹也の上で大きくジャンプするような感じだ。

腰の動きはさらに速くなった。徹也にそれを止めるすべはなく、暴発の危機が迫ってきた。

「あはあんっ、あくううううっ！」

ガクンッと腰が沈んで、サオの付け根までめり込んだとき、ヴァギナがぎゅっと強く締まって、徹也は射精しそうになった。

だが、理菜の腰は反動で再び持ち上がり、結合が解けてしまった。

「おおっ！」

締めつけが失われると、徹也のものは即座に暴発し、ザーメンを周囲に飛び散らせた。精液が理菜のヒップや太ももにかかり、ドロドロになってしまった。

理菜はヴァギナが強く締まったときに昇り詰めていたようで、ソファに横たわる徹也にぐったり体を預けてきた。

汗ばんだ肌を密着させると、太ももでザーメンまみれになったペニスを挟みつけ、いつまでもそのままでいた。

徹也は人妻の体の重みと温もりを全身で受け止めながら、今夜、自分が童貞を卒業したことを実感していた。

第三章　図書館での禁断のクンニ

1

　徹也は学校で国語の授業を受けていた。

　教師の向井麻美《むかいあさみ》は、クラスの担任でもある。景子と同じ二十五歳で、なかなかの美人だが、景子のようにクールな感じではなく、親しみやすい人柄だった。

「では、次に、この随筆の構成について考えてみましょう。まず、最初に、導入部分ですが……」

　麻美は昭和の時代に書かれた随筆の説明をしていた。今日は清楚なウグイス色のワンピースを着ている。

徹也は教壇の麻美をぼんやり眺めていたが、心は上の空で、話をまったく聞いていなかった。理菜のことで頭がいっぱいなのだ。

理菜とセックスをしてから、まだ二日しかたっていない。しかし、徹也は自分が急に大人になり、以前とはまるで違う人間に生まれ変わったような気分になっていた。もっとも、外見は少しも変わっていないので、彼がそんな経験をしたことなど、誰も気づいていないはずだった。

徹也はもう一回、彼女とセックスできるだろうかと、そのことばかり考えていた。なるべく早く二度目を体験してみたい。一昨日は感動と興奮で胸がいっぱいだったが、今度はもう少し落ち着いて、じっくり快楽を味わってみたいのだ。

図書館に行けば、いつかは必ず理菜と会えるだろうが、セックスをするとなると、また自分から彼女の自宅に出向いたほうがいいのかもしれない。

ただ、もう本を届けるという口実もないので、セックスをするために訪ねるとなると、ちょっと気恥ずかしくて、そこまで大胆にはなれそうもなかった。

「村山君、何をぼんやりしているの？　教科書の続きを読んでちょうだい」

突然、指名され、徹也はびっくりした。いつの間にか、先生の説明は終わり、新しいページの朗読が始まっていたらしい。

「ええと、どこから……」

当然のことながら、徹也はどこを読めばいいのかわからなかった。みんなに笑われ、恥ずかしい思いをしたが、その後も勉強に集中するのは難しかった。

授業が終わって、トイレに行こうと教室から出ると、麻美は廊下で女子生徒たちと談笑していた。

彼女は先生というより、頼れるお姉さん、あるいは年の離れた先輩といった存在として、生徒から信頼されている。面倒見がよく、生徒の相談事にも親身になって応えてくれるので、プライベートな悩みでも話しやすい。

だから、女子生徒に人気があった。きれいな女教師なので男子の憧れでもあるが、むしろ同性に慕われるタイプだった。

麻美はトイレに向かう徹也に気づくと、生徒たちから離れ、彼を呼び止めた。

「さっきは、どうしたの？　村山君が授業を真剣に聞いていないなんて、珍しいわね」

今日の徹也の様子が妙だと思い、心配して声をかけてきたようだった。

心配してくれているのはうれしいが、筆おろしをしてくれた人妻ともう一度セックスするにはどうしたらいいか、などと相談するわけにはいかない。

「何でもないです。授業をちゃんと聞いてなくて、すみませんでした」

麻美は納得していないようで、つぶらな瞳で徹也を見つめた。

「もしかして、図書館のボランティアで何か問題があるのかしら」

急に図書館の話が出たため、徹也はどきっとした。

担任であると同時に、麻美は図書委員会の顧問でもあった。徹也が図書館のボランティアをやろうと決めたときも、いろいろ面倒を見てくれたので、うまくやれているかどうか、ずっと気にかけているのかもしれない。

「あ、あの、図書館は関係ありません。次の授業の準備がありますから、失礼します」

徹也は内心の動揺を隠しながら、その場を立ち去った。

麻美はいい先生だが、理菜のことが知れたらとんでもないので、図書館のボランティア活動については、あまり踏み込まれたくなかった。

もちろん、麻美以上に気になるのは景子で、バレる危険性は格段に高いのだが、とにかく、どちらに対しても慎重に振る舞わないといけない。そう心に命じるのだった。

2

その日の放課後はボランティアの仕事があり、理菜が来ていることを期待しながら図書館に向かった。

しかし、彼女に会えたとして、今までと同じ態度で接することができるかどうかが心配だった。あのような体験をしたあとで顔を合わせると、気分がうわついて挙動不審な振る舞いをしてしまいそうな気がした。

そんなところを景子に見られたら、まずいことになる。彼女はおそらく徹也が図書館の利用者と親密な関係になったことに気づき、問い詰めてくるに違いない。

景子本人と接するときよりも、館内で理菜といっしょにいるときに、より慎重な態度を心がける必要がありそうだ。

図書館に着くと、徹也はあらためて気を引き締めるのだった。

「今日はまず、新規に購入した図書の整理から始めてください。貸し出しの予約者ごとに整理できたら、次は配架作業をお願いします」

いつものように、景子はてきぱきと指示を出した。

徹也は新刊をリクエストごとに仕分けして受付まで運ぶと、返却された本を書架に戻す作業に取りかかった。

あちらこちらの書棚と受付とを往復しながら、理菜がいないか探したが、今日は来ていないようだった。

すると今度は、エントランスのほうが気になって仕方がない。いつもは楽しみながらボランティアをしているのだが、今日は仕事にまったく身が入らず、利用者に声をかけられても、きちんとした対応がなかなかできなかった。

「あっ……！」

一時間ほどして、とうとう理菜がやってきた。姿を見つけた瞬間、徹也は喜びに満たされ、彼女に向かって走り出したくなるほどだった。

学校に行っている昼間ではなく、わざわざこの時間に来たのだとすれば、図書館そのものより自分に会うのが目的だろうと思い、徹也はますます期待を膨らませた。

ちらちら見ていると、理菜も彼がいることに気づいて、小さくうなずいた。そして、あとについてくるように目で合図した。

本を戻すふりをして彼女のあとを追うと、書棚の列の奥へと進んでいく。休日と違って利用者は少ないので、胸がどきどきしてきた。

理菜は数学系の専門書の棚のところで待っていた。周りにはまったく人気《ひとけ》がなかった。

「この前は楽しかったわ」

誰もいないことを確認してから、理菜は徹也の手を握った。ほっそりしなやかな指が、絡まるように触れる。

「僕もです……」

「今度、またうちに来て」

「行ってもいいんですか」

「もちろん、大歓迎よ」

理菜の誘いの言葉を聞いただけで、ペニスがじわっと硬くなった。

「もっとこっちに来て」

書棚の陰に隠れるようにして身を寄せると、どちらからともなく二人は抱き合った。

淡い香水の匂いに包まれ、人妻の柔らかなバストや太ももが体に押しつけられている。ただ抱き合っているだけなので、セックスそのものに比べたら、大したことではないが、公共の図書館でこんな大胆なことをしていると思うと、激しく興奮をかき立てられた。

「またうちで会える日が楽しみだけど、今はここで……」

理菜は徹也の唇を奪った。悩ましげな感触に、徹也は心が震えた。

図書館でこっそり抱き合うのも大胆だが、キスはそれ以上だ。理菜に会えることを期待して来たが、まさかこういうことになるとは思わなかった。

理菜は舌を出し、徹也の唇を舐め回した。

「ふううっ……」

甘い吐息とともに、理菜の舌が唇のすき間から入り込んできた。しなやかに動き回り、口内をしきりに探っている。

人妻の甘ったるい唾液が流れ込んでくるので、徹也は存分に味わった。唾液の味だけでなく、とろみにも興奮を覚える。

徹也も舌を動かすと、理菜はそれに合わせて絡めてきた。人妻とディープキスをしていることが、にわかには信じられない。

図書館は静寂に包まれており、徹也は緊張と興奮の両方に翻弄されていた。誰かこちらに近づいてくるのではないかと気になったが、自分の心臓の鼓動が大きすぎて、足音がしても聞こえないかもしれない。

だが、閲覧スペースの方で利用者が咳をしたのが聞こえ、それだけで徹也はビクッとなった。異常な緊張感が漂っていて、股間は興奮でどんどん膨れ上がっていく。

「ここ、こんなに……」

理菜は唇を離し、テント状態になっている徹也の股間を太ももで刺激した。

「むふうっ……」

再び唇を重ねると、ズボンの上から勃起したものを手で弄びはじめた。亀頭部分を指でつまみ、なまめかしい刺激を加えるのだ。股間を見ると、学生服のズボンに亀頭の形がはっきりと浮かび上がっている。

濃厚なディープキスも続いており、人妻の唾液が徹也のものとたっぷり混ざり合っている。それをかき回すように舌を絡め合うのが楽しくて、キスに意識を集中したらいいのか、それとも、下半身の気持ちよさに身を委《ゆだ》ねるべきなのか、迷ってしまうほどだった。

キスがこれほどの快感をもたらすとは思わなかった。まるで脳みそがとろけてしまいそうな感じなのだ。

しかも、理菜の指がズボンの股間を這い回ると、気持ちよすぎて下半身の力が抜け、体がふらついて倒れそうになる。

図書館で利用者の女性とこんなことをしていると、後ろめたさもスリルもどんどん高まって、異常な快感につながっていくのかもしれない。

「あふっ、むううっ……」

理菜はズボンのファスナーをつかみ、下げようとする。この場でペニスを引っ張り出されるのかと思うと、興奮は限界を超えそうな勢いだ。

だが、途中で手が止まり、ディープキスも中断された。半分くらいおろされたファスナーのすき間から、ブリーフに包まれた亀頭が飛び出しそうになっている。

「誰か来るわ」

ささやくのと同時に、理菜は体を離し、あっという間に隣の書棚へ移動して、姿を消した。

徹也は何が起こったのかわからず、その場でぼうぜんと立ち尽くしていた。すると、背後で足音が聞こえた。

「村山君」

「先生……」

近づいてきたのは、担任の麻美だった。図書委員会の顧問教師として、教え子が活動している様子を見にきたのだろうか。

今まで彼女は、徹也がボランティアをしているときに図書館に来たことはないので、授業中に徹也がぼうっとしていたのが、よほど心配になったのかもしれない。

「何をしていたの？」

「えっ……」

麻美は怖い顔をしていた。どちらかというと、彼女は穏やかな性格であり、学校でもそんな表情を見せたことはなかった。

「今、女性がいっしょにいたわよね」

「いえ、そ、それは……」

理菜と二人でいるところを見られてしまったようだ。体を離したあとならまだいいが、抱き合っているところだとまずい。

「唇に何かついているわよ」

理菜の口紅に違いない。慌てて手でぬぐったが、今さら手遅れで、そんなことをしても意味がなかった。

「こんなところでキスをしていたのね。まさか、相手は景子なの？」

「……違います」

理菜が素早く立ち去ったので、麻美はキスをしていた相手の顔をはっきり見ていないようだ。しかし、徹也はそれとは別のことが気になった。

以前、景子が他校のボランティアの生徒と話をしているとき、彼女の出身大学と学部を耳にしたことがあり、確か麻美と同じではないかと思った。だが、麻美とボランティアのことを話題にしても、景子の名前が出ることはなかったので、二人は面識がないと思っていたのだ。

それが知り合いだったというのは意外であり、しかも景子の名を呼び捨てにしたところを見ると、顔見知り程度の関係ではなさそうだった。

にもかかわらず、どうして今までそのことを黙っていたのか、徹也は不思議に思えてならなかった。

「景子ったら、どういうつもりなのかしら、私の教え子に手を出したりして。私への当てこすりのつもりかしら」

ずいぶん意味深な言い方をするので、やはり、単なる知り合いでないことは確実だった。二人の間に何があったのか、気になって仕方がない。

「ちょっと静かにしてちょうだい。ここは図書館なのよ」

突然、後ろで声がして、徹也はびっくりした。振り返ると、書棚の横に景子が立っていた。

景子の目が徹也に向いたので、彼はどきっとした。怒っているようにも、軽蔑しているようにも見えないが、麻美の声が聞こえていたとすれば、誰かとキスをしていたことを景子にも知られてしまったことになる。

麻美も驚いている様子だったが、キスしていた相手は景子だと思い込んでおり、すぐに怒りの矛先を彼女に向けた。

「これはどういうことなの。今、村山君とキスをしていたわよね。私の生徒をたぶらかしたりするのはやめてほしいわ」

声を抑えているが、麻美の怒りは本物のようだった。

「たぶらかす？　あなたがそんなこと言えるのかしら」

「…………」

なぜか景子がジッとにらみつけると、麻美は黙り込んでしまった。二人の間に何らかの確執があったのは間違いないが、どういうものかは想像もつかなかった。

「それにしてもあなた、よくここに来られたわね」

「私はただ、自分の生徒の様子を見にきただけよ……」

妙に言い訳めいた言葉を残し、麻美はあっさり背を向けて去っていく。景子は何も言わずに、後ろ姿を見送っていた。

徹也はそんな彼女を、不思議に思った。キスしていたのは自分ではないと、どうしてはっきり言わなかったのか。麻美は帰ってしまい、これでは彼女に誤解されたままになってしまう。

「村山君、口紅を拭き取りなさい。それと、チャックが開いているわよ」

景子は股間の膨らみを目で示した。

麻美が来たことにびっくりして、理菜がペニスを引っ張り出そうとする途中だったことを、すっかり忘れていた。ブリーフの一部がファスナーのすき間から覗いているので、徹也は慌てて閉めた。

「話はあとで聞きます。今は仕事に戻りなさい」

景子はそう言って、口元にうっすら笑みを浮かべた。軽蔑とは違い、何か不穏なものを感じさせる笑みだった。

ボランティアの高校生の弱みを握って、彼女はいったいどうするつもりなのか。わからないまま作業に戻っても、まったく身が入らないのだった。

3

その日、景子はなかなか帰っていいと言わなかった。その一方で、先ほどの件に触れることもないので、徹也は不安な気持ちに駆られるばかりだった。

そうこうしているうちに、閉館時間がすぎ、ほかの職員やボランティアたちはみんな帰ってしまった。

忙しいときは残業もするが、図書館で働く人たちは定時で帰ることが多い。館内には、景子と徹也だけが残された。

「さっきの話を聞きたいから、こっちに来なさい」

景子は受付カウンターと壁で仕切られた奥の部屋に徹也を連れていった。それから、部屋の隅にある電話で彼の家に連絡を取った。

利用者の女性といかがわしい行為をしていたことを、親に言いつけられるのではないかと慌てた。だが、景子は、図書館の重要な仕事が残っていて、ボランティアの人たちにも協力してもらいたいので、帰りが少し遅くなってもいいか、という言い方で親に確認を取った。

電話が終わると、景子は徹也に向き直った。

「これから質問することに、正直に答えなさい」

図書館であんなことをしたのだから、厳しく叱責されるかと思ったが、景子はいきなり怒ったりはしなかった。

「まずは、あの女性、小倉さんといったかしら。よくこの図書館を利用しているわよね」

「はい……」

景子が名前を挙げたので驚いた。彼女は大部分の実務を処理しており、実質的な館長といっていいくらいに館内のことはすべて把握しているようだが、利用者の名前まで覚えているとは思わなかった。

しかも、麻美と違って、あの場から立ち去る理菜の姿を見ていたことが、これではっきりした。

「図書館でこっそりキスをしていても、とりたてて罪を犯したことにはならないわ。でも、このままボランティアを続けてもらうわけにはいかないわね」

「僕は、あの……」

「彼女のほうからあなたを誘ったの？」

「………」

「いつからあんなことをしているの？　今日が初めてというわけじゃなさそうだけど」

図書館では初めてだが、一昨日のことがあるので、即座に否定できない。それを肯定と受け取られるかもしれず、不安に思っていると、景子はたたみかけてきた。

「調べてみたら、彼女は一昨日の閉館時間に、予約していた本を借りているわ。でも、おかしなことに、私がその日、彼女を見かけたのは昼間だった。これはどういうことかしら」

「それは、僕が、ちょっとその……」

「あなたが何をしたの。ちゃんと説明してちょうだい」

口調は穏やかだが、隠したりごまかしたりを許さない迫力があって、どうやら正直に言うしかなさそうだった。

「あの人が予約していた本が返却されたので、僕が代わりに手続きをして、家まで届けました」

「そうしてほしいと、彼女に頼まれていたの？」

「いえ、僕が勝手にやったことです」

「どうしてそんなことをしたの？」

「ちょうど帰り道だったから、届けてあげたら、彼女の手間が省けるだろうと思って……」

「でも、届けただけじゃないんでしょ？」

「そ、それは……」

再び景子の口元にうっすらと笑みが浮かんだ。瞳は心持ち輝きを帯びて、これまで見たことのない、艶めいた表情になった。

「彼女の家で何をしたのか、正直に言いなさい」

もう隠しておけないと、徹也は観念した。というより、景子の艶っぽい顔からして、ほとんど見抜かれている気がした。

あの日、理菜がバスタオル姿で出迎え、家に入れてくれたことを話すと、景子はさらに詳しい話を聞きたがった。

徹也は問われるままに、バスタオルが落ちて彼女の裸を見たこと、ジュースがこぼれて濡れてしまったブリーフを脱がされたことなどを打ち明けた。

「それで？」

景子の瞳の輝きが増して、艶めいた表情はセクシーさがさらに色濃くなった。ふだんの彼女からは考えられない妖しい雰囲気に、徹也は思わず息を呑んだ。

「ぼ、勃起しているものを握られて、射精を……」

素直に答えると、顔が真っ赤になってしまった。

「それだけで終わったの？」

迷って言いよどむと、景子はにんまりと笑った。

「まだ続きがあるのね。全部、話しなさい」

「その後、小倉さんの……ア、アソコを、見せてもらいました……」

徹也は恥ずかしくて仕方がなく、しどろもどろだったが、思い出しながら話しているうちに、理菜のときとは違った興奮を覚えてきた。いつもクールな態度で仕事をこなしている景子に、淫らな体験を告白するのは、思いもよらないほど刺激的なことだった。

「あなたが見せてほしいって言ったの？」

「いえ、興味があるなら見せてあげてもいいって言われて……」

「それで彼女は、どんな恰好で見せてくれたの？」

理菜がソファに浅く座って、足を広げて見せてくれたことを話すと、「こんな感じかしら」と言って、景子も浅く座り直し、椅子の背にもたれた。

さすがに足は広げなかったが、ややタイトなスカートから伸びている太ももに、徹也の目は吸い寄せられた。ストッキングに包まれた肌は、シャワーを浴びてしっとりした理菜の太ももとは違った意味で、大人の女の魅力を感じさせる。

「あなたはどんなふうにして見たの？　正確に知っておきたいから、実際にここで再現してみなさい」

「ぼ、僕は、正面に座って……」

徹也の体に緊張が走った。あのときと同じように座れば、景子のスカートの中を覗く体勢になってしまう。だが、彼女が再現しなさいと言うのだから、やっても怒られることはないはずだった。

足も腰も強ばっていたので、ぎこちない動きで椅子から離れ、景子の真正面でひざまずいた。すると、スカートと太もものすき間が、目の高さに近くなった。もう少しで下着が見えそうな、きわどいところまで覗け、ズボンの中でペニスがどんどん硬くなっていく。

「そんなに近くで見せてもらったのね」

「はい」

「話を聞いてると、その日、彼女と初めて親密な関係になったようだけど、もしかして、女性の大切なところを見たのも初めて？」

「もちろん、初めてです」

「そんなに、気負って言わなくてもいいじゃない」

ふっと笑うと、さらに色っぽい雰囲気が漂いはじめた。クールな顔立ちに、ぞくぞくするような色気が浮き出ている。仕事中、景子はほとんど笑顔を見せたことはなかったが、その色っぽい笑みに、徹也はすっかり打ちのめされてしまった。

「それで、見せてもらって興奮した？」

「しました」

「興奮して、どうなったの？」

「……勃起、しました」

「射精したばかりなのに？」

景子の口から射精という言葉が出たとたん、ペニスが反応した。ますます硬くなり、いきり立ってしまったのだ。

ズボンの股間がこんもり盛り上がって、景子にバレそうだが、隠すとかえって変なので、そのままでいるしかなかった。

景子は黙って、何か考えている。徹也は彼女のセクシーな表情とスカートの裾とを、期待を込めて交互に見た。ちょっと油断して膝が開けば、ストッキングに包まれた下着が見えるのだ。

「そういえば……」

不意に彼女が口を開いたので、どきっとした。

「ふだん、あなたはよく私の足やお尻を見ているわね」

こっそり見ているつもりだったので、気づかれていたとわかって驚いた。

「この前も、私が高いところの本を取ろうとしたとき、親切に梯子を押さえてくれたと思ったら、スカートの中を覗いてたわね」

彼女の言葉につられるように、太もものすき間につい目が行ってしまい、慌てて視線を戻した。

スカートの中を覗いたことまでバレていたとなると、弁解のしようもないが、景子の口調は責めているようには聞こえず、どちらかというと問い詰めるのを楽しんでいるようだった。

現に今も、慌てて目をそらすのを見て、かすかに笑ったのだ。

「どうしてそんなに見たがるのかしら」

「そ、それは、中西さんがきれいだから、気になってつい見てしまうんです」

「高校生のくせに、ずいぶん口がうまいのね」

「ウソじゃありません。本当のことです」

「そうかしら。本当はいやらしい目で見てるだけでしょ？」

景子は見透かすように言った。図星を指されて言い返せずにいると、じっと見つめていた視線が下に移動して、見事なテント状態の股間で止まった。

理菜のときと同じで、見られているだけでも、ペニスを触られたように感じてしまうのが不思議だ。

「今もエッチな気持ちで私の足を見ているわね。だから、そんなことになってるんでしょ」

景子は右足を伸ばし、パンプスの爪先で、盛り上がった股間を示した。そのとき、閉じていた両足が少し緩んで、裾とのすき間に白いものがちらっと見えた。「下着だ」と思ったとたん、すでに勃起しているものが、いっそう硬くなった。

すると、景子は股間の膨らみを、パンプスの底でちょん、ちょんと軽く押した。靴の硬い圧迫感が妙に刺激的で、徹也は思わずうめいてしまった。

「本当にしょうがないわね。こんなに硬くさせちゃって……」

あきれた口ぶりだが、顔つきを見ると、やはり楽しそうだ。景子はいったん足を引っ込めてパンプスを脱ぎ、ストッキングに包まれた足の裏で、あらためて股間を踏みつけた。

靴の底と違って、足だと柔らかい。だが、手よりは少し硬く、何とも言えない微妙な感触にぞくぞくした。女性の足で股間を踏まれているということ自体が、異常な興奮につながっていた。

もっとも、踏むというよりは、足で揉まれる感じに近く、意図的に刺激を送り込んでいるのかもしれない。

彼女にしても、靴のままよりじかに足で踏めば、勃起の硬さや太さがはっきりわかるはずだ。それでパンプスを脱いだのかもしれないと思うと、いっそう興奮が高まった。いつものクールな彼女とは、まるで別人のようだった。

今夜、閉館後に残されたのは、詳しい話を聞いて、どんな処分が適当かを考えるつもりなのだろうと思っていたが、景子の態度は意外な方向に変わりつつあった。もちろん、それなら徹也は大歓迎だ。

「あら、ここのところが汚れてる」

亀頭の部分を爪先で踏んで示すと、ぽつんと染みになっていた。先走り液がブリーフにべっとり滲み出して、そこを踏まれているうちに、ズボンにも染みができてしまったのだ。

「彼女の大切なところを見せてもらったときも、あなたは下着を脱いだままだったんでしょ？」

「……はい」

「だったら、ここでもそのとおりにしなさい。彼女の家で起こったことを、きちんと把握するためには、正確に再現してもらう必要があるわ」

「わ、わかりました……」

景子に言われて、報告の途中だったことを思い出した。徹也は顔を赤くしたまま、ズボンを脱いだ。恥ずかしさでいっぱいなのに、彼女に見てほしいという気持ちもあって、胸がどきどきしている。

テント状態のブリーフは、先走り液が思った以上にべっとり滲み出して、五百円玉より大きな染みになっていた。すぐ目の前で景子に見られていると、ますます亀頭が膨らんでしまう。

「すごいことになってるわね」

その言葉がブリーフの染みのことを指すのか、見事な盛り上がりのことを言ったのかは、わからなかった。だが、徹也は勃起したペニスを景子にも見てほしくて、さっさとブリーフを脱いだ。

たくましく反り返ったものを見て、景子はさらに瞳を輝かせた。徹也は脱いだブリーフをズボンの上に放ると、じっと立ち尽くして、彼女の視線を股間に浴びた。それだけで触られている気分になり、ぞくっとしてしまう。

「いつまで立ってるの？　脱いだら、早く座りなさい」

景子はたっぷりペニスを眺めたあとで、そう言った。

「あっ、すみません」

すぐに元の位置にひざまずいて、徹也は目を瞠った。景子の両膝が少し緩んで、太もものすき間に白いショーツの三角地帯ができていたのだ。

食い入るように見つめてしまい、慌てて彼女を見ると、目が合った。だが、平然としていて、もう一度、太ももに目を戻しても、閉じたりはしなかった。

見せてくれているのだとわかり、徹也は胸を躍らせた。いつもクールに仕事をこなしている景子が、勃起したペニスに目を輝かせ、スカートの中を覗かせてくれる女性だなんて、思いもしないことだった。

4

「そんな恰好で、彼女に見せてもらったのね」

「は、はい……」

徹也は興奮のあまり、答える声が震え気味になった。理菜の家であったことを再現するように言われ、ブリーフを脱いだのだから、もしかすると景子も秘密の部分を見せてくれるのではないか、という気がしたのだ。

理菜の家では、ワイシャツも脱いで裸になったのだが、それはどうでもいいように思えたので、あえて言わなかった。

「でも、私の足を見てるだけでも、こんなになってしまうなんて……」

さらけ出されたペニスに、景子は再び足の裏を押し当てた。ブリーフまで脱いでしまったので、パンストのざらついた感触がじかに伝わってくる。

「まじめそうな顔してるけど、頭の中はエッチなことでいっぱいなんでしょ」

「………」

「こんなにヌルヌルにして、ストッキングが汚れちゃうじゃない」

「す、すみません」

自分で足を押しつけておきながら、徹也が悪いみたいな言い方をするが、それでも構わず足で弄ぶので、謝る声もうれしそうな響きになってしまう。

爪先で亀頭をつついたり、足の裏で反り返ったサオを転がしたりされると、新たな先走り液が漏れ出して、ストッキングはますます濡れてべっとりになった。

「それで彼女は……」

気持ちいいので、思わず股間を突き出すと、足を引っ込められてしまった。気に障《さわ》ったのかと焦ったが、景子は艶やかな目で笑みを浮かべている。

「自分から足を広げて見せてくれたのかしら？」

「ええ、そうです」

「こんなふうに？」

そう言って目の前で足を開いたので、ストッキング越しに白いショーツが丸見えになった。そのとたん、ペニスが脈打って、先走り液がまた漏れ出した。

ショーツは透けるレースの部分もなく、ごく普通のデザインだが、こんなに間近で見ると、たまらなく刺激的だ。しかも、景子が自分から足を開いて見せてくれたとあって、急激に興奮が高まった。

「小倉さんは、ソ、ソファの上に……両足をのせました」

景子にもそうしてほしくて、訊かれてもいないのに報告した。

すると、彼女はタイトなスカートの裾をずり上げ、本当に両足を椅子にのせた。さらには、M字開脚のポーズまでやってくれたので、秘裂やアヌスを覆っている部分まであらわになった。

これでどうだと言わんばかりに、じっと彼を見つめる。その瞳は挑むような光を帯びていた。

どきどきしながら、目を凝らしてよく見ると、秘裂のあたりがわずかに変色しかかっている気がした。染みにはなっていないが、その寸前のように見えるのだ。

天にも昇る思いで、徹也はさらに期待を膨らませた。もしかすると景子は、秘密の部分を見せてもいいと思い、理菜との出来事を再現するという形を取ったのではないか。そこはきっと蜜液で濡れて、いやらしく輝いているに違いない。

「彼女はこんな恥ずかしいポーズで、あなたに全部、見せたのね」

「そうです。中まで全部、見せてくれました」

「中まで……」

言葉がそこで途切れ、景子は視線を漂わせた。見せようかどうしようか、考えているように思えて、胸のどきどきが激しくなった。

「それで、見せてもらって、また勃起したって言ったわね」

景子の視線がペニスに向いた。

「それからどうしたの？　触らせてもらったりしたのかしら」

「はい。今日は特別だと言って、触らせてくれました」

再び景子にもそうしてほしいという願いを込めて言った。

さらに、理菜のそこが濡れてヌルヌルだったことや、触っているうちに指が入ってしまったことなど、思い出しながら詳しく報告すると、あのときの興奮がなまなましくよみがえる。

話を聞きながら、景子は勃起したものをずっと見つめていた。潤んだような瞳が、いっそう妖しく輝いている。艶やかな表情とストッキングに包まれた白いショーツを交互に見て、徹也は早く脱いでくれないかと気が急いた。

「そんなにじろじろ見たりして、私のここも見たいのかしら?」

「はい。見たいです」

ついにそのときが来たと思い、ぞくっと身震いした。ペニスも硬く反ったまま、根元から揺れた。

「でも、ダメよ。世の中、そんなに甘くはないわ」

鼻で笑うように言い、景子は目を細めた。

ストッキングと下着を脱ぐつもりはないとわかって、徹也はがっかりした。だが、彼女はM字開脚のままで、閉じようとしない。しかも、さっきのところがぽつんと染みになってきている。

「でも、パンストの上から触るくらいなら、やらせてあげてもいいかな」

「本当ですか!?」

思わぬ言葉に、徹也は色めきたった。

「ちょっと触るだけならね」

「わ、わかりました……ちょっとだけ、すみません……」

徹也は震えそうな手を伸ばし、染みになった部分にそっと触れた。指先にストッキングのざらつきを感じたが、その下のショーツの感触があまりないので、軽く押してみた。

すると、張り詰めたストッキング越しに、下着と柔らかな肉の感触が伝わり、ここがワレメだろうと思った。指を離すと、染みは広がっていた。ちょっと触っただけでこれなら、中はかなり濡れているかもしれない。

「本当にちょっとだけなのね」

「えっ……」

妖艶な笑みであおられて、もう一度、手を伸ばす。今度は指先ではなく、第一関節までぺたっと触れて、ストッキングの縫い目に沿って、こすってみた。景子が腰をもじもじさせるので、感じているようだった。少し強めに触れると、染みがさらに広がって、縦長になった。

徹也は見せてもらえない秘裂を想像しながらこすっていたが、ふと理菜のクリトリスの位置を思い出した。軽く押す感じでそのあたりをこすると、景子は目を閉じた。うっとりしているように見えるが、逆に腰は落ち着きをなくして、しきりにもぞもぞ動いている。

間違いなく感じていると思い、徹也はもう少し強めのタッチにして、懸命にこすりつづけた。

しばらくすると、不意に腰の動きが大きくなって、クリトリスはたぶんここだとわかった。狙いを絞って集中的にいじると、いつの間にか景子は目を開けて、徹也の手元に見入っていた。

「気持ちいいことしてくれるのね。彼女に教わったのかしら」

「そういうわけじゃなくて、自然に覚えたっていうか、小倉さんがすごく気持ちよさそうだったから……」

「初めてのくせに、意外に呑み込みが早かったということね」

景子に褒められたのがうれしくて、徹也は指の動きを速め、円を描くように、熱心にこすった。理菜がそうやってオナニーをするのを思い出したのだ。

景子はうっとりため息をついて、彼の指を見つめていたが、しばらくすると、かすれ気味の声で言った。

「もっと気持ちよくしてくれる自信があるなら、私も見せてあげようかな」

「はい、あります」

徹也は間髪を入れずに、うなずいた。自信があるかどうかより、とにかく、景子の秘裂をこの目で見たい一心だった。

「じゃあ、自分で脱がせてみなさい」

彼女は椅子から立ち上がり、徹也に背を向けると、横のデスクに両手をついて、前かがみになった。スカートの裾がかなりずり上がって、尻とショーツが少しはみ出ている。

徹也は緊張して震える手で、さらに裾をまくり上げ、パンストと下着に包まれたヒップラインをあらわにした。なまめかしい曲線に息を呑み、思わず表面を撫でると、景子がくすぐったそうに尻を揺らした。

丸尻のカーブもストッキングの手触りも魅惑的だったが、早く脱がせたいと気が急《せ》いて、パンストのウエストに指をかけた。

まろやかなヒップラインに沿ってずらすと、途中でショーツも指にかかって、いっしょに脱がすことができた。熟れた果物の皮が剝けるように、女司書の生尻が目の前にさらけ出され、徹也はまたも息を呑んだ。決して大きくはないのに、色気たっぷりの存在感があるのだ。

パンストとショーツは足から抜き取って、椅子に置いた。腰までまくり上げたスカートは、ややタイトなのでそのままになっている。裸の下半身をさらし、裸足でフロアに立つ姿は、何とも言えない卑猥さに満ちていた。

「あなたの視線て、何だか突き刺さってくるみたい」

景子は挑発するかのように足を開いた。前かがみで立っているので、秘裂がむき出しになり、徹也の目に飛び込んできた。

「そ、そうでしょうか……」

そんなことを言われても、遠慮して目をそらしたりはせず、食い入るように覗き込んでしまう。

大陰唇には、毛が生えていなかった。恥丘はよく見えないが、こんもり茂っている感じはしない。小陰唇のはみ出しは理菜より少なく、縁の部分がスリットからわずかに顔を覗かせている程度だ。

そのせいか、景子の秘裂はどこか品を感じさせるところがあった。それでいてエロチックな雰囲気も漂わせ、両方が矛盾することなく溶け合っているように思える。

「どんな感じかしら？」

「とてもきれいです。こんなにきれいだなんて、びっくりです」

理菜と比較してそう思うのだと、暗に伝えたかった。

よく見ると、景子の太ももが小刻みに震えていた。下半身をさらけ出したことで、心の中では恥ずかしさを覚えているのかもしれない。平然としているように見えても、体の反応は隠せないようだ。それがわかって、緊張がだんだん解けてくる。

徹也は大陰唇にそっと触れてみた。表面はふっくらして、わずかに湿っている。だが、ちょっと押しただけで、中から蜜汁が漏れて、指にねっとり絡みついた。

「濡れてますね」

「そうかしら。そんなでもないと思うけど」

「いえ、けっこう来てますよ」

スリットから蜜液をかき出し、大陰唇に塗りつけた。たちまち全体がヌルヌルになって、卑猥な感触に包まれた。

あらためて秘裂を探り、蜜穴を見つけて中指を挿入した。

「あっ……」

景子の口からかすかに声が漏れ、指が締めつけられた。理菜よりも少し強い感じだ。

奥のほうも妖しく蠢いている。出し入れを始めると、入り口の締めつけがさらに強くなった。
徹也は指ピストンを続けながら、秘裂の端を探った。ぽつんと小さな膨らみを感じ
たとたん、景子の腰が気持ちよさそうに揺れた。クリトリスの位置がわかったので、
蜜穴と同時に責めると、腰の揺れは大きくなった。
「そんなことするのね……はうっ……」
景子の声が急に色っぽいものに変わった。気持ちよくさせる自信が湧いて、徹也は
指の動きを速くしてみた。
ところが、右と左で違う動きを同時にやるのは、思った以上に難しかった。どうし
ても、どちらか一方がおろそかになってしまうのだ。
経験の浅い自分には無理だとわかったが、せっかく景子が気持ちよさそうにしてい
るので、指を抜いてクリトリスに集中することにした。
蜜液でヌルヌルになった指でこすると、景子は腰を揺らすというより、くねらせる
ようになった。いかにも悩ましげな動きで、徹也は指が離れてしまわないように注意
しながら、責めつづけた。
「はふっ……気持ちいい……」

景子の声はいっそう甘い響きになって、徹也を興奮させた。これなら、クリトリスを責めているだけで、アクメに達するかもしれない。そんな気がして、指の動きがますます速くなる。

ところが、しばらく続けても、景子の反応がそれより激しくなることはなかった。気持ちよさそうなのは確かだが、イキそうな気配は感じられないのだ。

すると、景子が顔を後ろに向けたので、目が合った。

「もしかして、指だけで女が満足できると思ってる？」

「えっ……」

「舌は使わないのかしら」

「いいんですか、舐めても？」

驚きと感動が同時に湧き上がり、徹也の胸はにわかに騒がしくなった。

5

「例の女性のそこは、舐めたりしなかったの？」

「してません」

理菜の秘裂に指は入れたが、クンニはしていない。素直に答えると、景子はうれしそうに、「じゃあ、初めてね」と言って、自分からヒップを近づけてきた。

徹也は興奮を抑えきれず、まろやかなヒップに思わずほおずりした。柔らかな尻の肉はほどよい弾力があって、顔を動かしても、ほおに張りついたままになる。

ワレメからは甘酸っぱい匂いが漂い、鼻をくすぐった。図書館はシャワートイレなので、肛門が近くても、そんな臭いはしなかった。

徹也は丸尻を両手で広げ、大陰唇に舌を這わせた。無毛ですべすべしているその部分に、唾液を塗りつける。

「くうっ……」

舌先が小陰唇をとらえると、景子はなまめかしい声をあげた。職員にしろボランティアの生徒にしろ、クールな女司書がこんな声を出すとは思いもしないだろう。というより、まさか図書館内で高校生にクンニさせるような女性だとは、考えもしないはずだ。

秘裂に鼻の頭を押し当てると、はしたない香りが強くなった。胸いっぱいに吸い込んで、淫らな匂いを満喫する。

ワレメを舌でなぞってなじませてから、そのすき間に舌先をめり込ませると、粘膜の温もりと妖しいぬめりを感じ取ることができた。

「はふっ……」

相変わらず、景子はデスクの端につかまり、体を支えている。徹也は太ももに手を添えながら、懸命に舌を動かした。

スリットや小陰唇の形が、舌の動きで様々に変化するのがいやらしかった。めくれ返った小陰唇が、悩ましげに打ち震えている。

「あくうっ……ずいぶん激しいのね……」

熱心に秘粘膜を舐めこすっているうちに、大量の愛液が染み出して、ぬめりが激しくなった。愛液の味は、匂いと同じで甘酸っぱい。といっても、酸味はそれほど強くなく、全体的にはまろやかな感じで、とろみがあった。

「いいわよ、くふうっ……」

徹也は性感ポイントのクリトリスを責めようと、恥丘に舌を伸ばしてみた。ちょっと舐めにくかったが、股の間にあごを潜り込ませるようにして、ワレメの端まで舌を滑らせると、景子は腰をくねらせた。

「はうっ、くううっ……！」

喘ぎ声が静けさを破って、閉館した館内に響きわたった。

舌先でクリトリスをこね回すと、ワレメからさらに愛液が染み出した。後ろから舐めているので、溢れた蜜汁が徹也の鼻をべっとり濡らしてしまう。

景子は丸尻を揺らしながら悶えていた。ワレメに舌を戻すと、さっきよりも秘肉の火照りが増していた。

「ひくうっ！」

弾力性に富んだヒップにほおを密着させたまま、ヴァギナに舌を差し込んだ。たまっていた蜜汁が舌で押し出され、口の中にたっぷり流れ込んでくる。さらに舌でかき出し、口で受け止めてすべて飲み干した。

不意に景子が反転して、デスクの端に寄りかかるように尻を乗せ、右足を開いて椅子の上に乗せた。

「こうしたほうが、舐めやすいでしょ」

「は、はい！」

徹也は大きくうなずいた。単に舐めやすいだけでなく、景子のヘアと秘裂が、すぐ目の前にさらけ出されたのだ。

逆三角形のヘアは、理菜と違ってあまり濃くない。恥丘にだけつつましく生えているので、その下のスリットが丸見えだった。しかも、椅子に片足を乗せたので、内側のいやらしい粘膜まで見えている。

クリトリスは包皮から半分だけ顔を出していて、理菜より少し大きかった。

「ぼんやりしてないで、早く舐めるのよ」

景子に急かされて、慌てて舌を伸ばした。両足の太ももに手を添え、半分覗いているクリトリスを舐め上げたとたん、景子が腰を震わせた。

「くはあっ！」

快感があらわになったので、さらに責めつづけると、腰と太ももが小刻みに震える。徹也は太ももの付け根を親指で押し広げ、開いたワレメの粘膜とクリトリスを交互に舐めた。

蜜汁がまた溢れ出して、舌をたっぷり濡らす。もちろん、それは残さず飲み干した。舌の先を尖らせてヴァギナに差し込んでみると、奥からさらに湧き出てきて、きりがなかった。

徹也はふと、クリ舐めと指ピストンなら同時にやれないだろうかと思った。さっきは両方とも指で、別々に動かすのは難しかったが、舌と指なら何となくうまくいきそうな気がする。

まず膣穴に中指を挿入し、ゆっくり出し入れしながら、クリトリスを舌でつんつん弾いてみた。

「くううっ……いいわ……あああっ！」

とたんに景子の喘ぎ声が大きくなり、腰の震えも激しくなった。やはり舌と指なら、同時に責めるのもあまり難しくない。

人差し指も加えて二本にすると、粘り気を帯びた淫らな音が響きはじめた。

「いやらしい音がしてます」

「だって、気持ちいいんだもの……くはあっ……」

景子はのけ反って喘ぎ声をあげた。美人司書をこれほど感じさせていることが、自分でも驚きだった。

指を二本にして、締めつけがさらに強くなったが、妖しい蠢きもより活発になっている。肉ヒダがヒクヒクと波打って、いかにも悩ましげだ。

蜜汁は止めどもなく溢れ、指の付け根から手のひらや甲に垂れて、ヌルヌルになっている。

顔も唇やあごだけではなく、ほおや鼻の頭までべっとり濡れてしまった。そのぬめりは卑猥に感じられ、顔全体に塗り広げたいとさえ思った。

量が増えているだけでなく、愛液は濃厚になっているようだった。とろみが増して、匂いも最初に比べて濃いような気がする。

「はくうっ、こんなに濡れてしまったわ……」

「本当にいっぱい濡れていますね」

景子が大陰唇の脇のヌルヌルを指でこすって言うので、徹也はクンニを中断し、秘裂の様子を観察した。

さっき椅子に片足を乗せたときよりも、開き具合が大きく、小陰唇は明らかに厚くなっていた。見た目のいやらしさが増していて、それだけ彼女の快感が高まっている証拠かもしれない。

「気持ちよくて、そろそろ我慢できなくなりそう……あなた、本当に彼女が初めてだったの？」

「もちろんです。ウソじゃありません」

「本当かしら。ちょっと信じがたいわね。調子のいいこと言って、ウブなふりをしてるんじゃないでしょうね」

景子は口ではそんなことを言いながらも、徹也を椅子に座らせると、向き合うかたちでまたがった。ペニスをつかんで、慎重に先端部分をワレメにあてがおうとしている。

驚きと興奮に包まれながら、じっとしていると、景子はそのまま腰を沈めてきた。ぬめったヴァギナを押し広げ、亀頭が埋没すると、さらに根元まで膣穴に呑み込まれていった。

「はああっ……ああんっ、硬いわ……」

女司書のヴァギナはよく締まり、徹也のものをしっかりとくわえ込んだ。淫靡な熱を帯びた秘肉のぬめりが、亀頭やサオにダイレクトに伝わってくる。

景子は彼の両肩をつかむと、腰を少し浮かせて動かしはじめた。回転運動が中心で、ヴァギナとペニスがいっしょによじれている。

「あはんっ、くううっ……」

膣穴は躍動的に締まり、甘美で妖艶な快感をもたらしてくれる。

女性が男性の上にまたがるという意味では、理菜との騎乗位に似た体勢だったが、膣内に渦巻く気持ちよさはまるで違っているように感じられた。

憧れの女性司書と図書館で交わっているという事実が、大きな影響を及ぼしているのは間違いない。

色気全開で喘ぎまくったりはしないが、いつもクールな景子が、高校生にまたがって腰を動かしている。そのギャップは、何とも言えず刺激的だった。

理菜とはソファの上で裸で抱き合ったが、今は二人とも上は服を着たままでいる。裸の下半身が接しているだけで、全身の肌が密着しているわけではないのに、理菜との交わりよりも一体感は強いのだった。

それは間違いなく、相手が憧れの景子だからだ。今日、理菜との関係が景子に知られたときには、大変なことになったと思ったが、その後、彼女とセックスをすることになるなんて、この現実は徹也の想像をはるかに超えていた。

「はくうっ……」

しばらくすると、景子は腰を動かすのをやめた。

「今度は、村山君が……」

「ううっ、ぼ、僕、どうしたら……」

「立ち上がって、自分でしてみて」

景子はいったん徹也から離れ、デスクに上半身を俯せる恰好で尻を向けた。膣穴がぽっかり口を開けて、再びペニスが埋め込まれるのを待っている。バックから自分で挿入してみなさいというわけだ。

愛液にまみれたペニスをつかむと、武者震いがした。自分で景子のヴァギナに挿入することになり、新たな興奮を覚える。

初体験のときは偶然のようにペニスがヴァギナに入ってしまい、さっきは景子が腰を沈めて合体してくれた。自力で挿入を果たすとなると、やはり緊張するものだった。

先端を膣穴に慎重にあてがうと、妖しいぬめりが徹也を誘った。ぐいっと腰を押し出し、秘穴の入口を割り開く。甘美な摩擦とともに、ペニスは意外なくらいあっさり膣穴に埋没した。

バックで合体したとたん、本能的に腰が動いていた。ぎこちない腰遣いだが、景子のくびれたウエストに手を添えると、ペニスが外れることはなかった。

「あうっ、あうっ……」

夢中で動かしているうちに、少しずつだが、スムーズにペニスを出し入れできるようになった。

ヴァギナはよく濡れていて、滑りがいい。ぐいぐい締まるので、ピストン運動によって生み出される摩擦感は最高に気持ちよかった。肉ヒダがカリ首にまとわりつくのまで感じ取れる。愛液のぬめりが、お互いの性器がこすれ合う快感をいっそう高めてくれた。

「はあんっ……」

「奥まで入れさせてください」

サオの根元まで挿入すると、景子の丸尻と徹也の腰がぶつかり、そのたびにヒップが卑猥に歪んでは元に戻った。

濡れそぼった秘穴に勃起したものが出たり入ったりすると、景子の声が変化し、ヴァギナ全体が悩ましげに打ち震える。徹也の腰遣いが景子を悶えさせており、その淫らな反応がじかに伝わってくるのが素晴らしかった。

「はふうんっ……」

徹也は腰の動きを速めた。あまり激しくすると、気持ちよすぎて暴発しそうだったが、今はそんなことを怖がっていないで、景子のためにも精いっぱい頑張りたかった。

蜜穴の震えがさらに妖艶さを増して、淫らな収縮と弛緩を繰り返している。

「あああんっ、もうダメ！」

色っぽい声で叫びながら、景子は昇り詰めた。

ぎゅっと強く締まったヴァギナの中でペニスが揉みほぐされ、徹也は暴発しそうになったが、景子が大きく体をのけ反らせたため、その寸前に結合が解けてしまった。

ザーメンは景子のヒップにまき散らされた。あっという間に丸尻が精液まみれになったが、その一部はまろやかなヒップを伝い、太ももへ滴り落ちた。

二人とも荒い息を吐いている。徹也は景子の後ろにいて、反り返ったペニスをまだ彼女の尻の上にのせていたが、しばらくの間、その恰好のまま、じっと動かずに立っていた。

第四章　女教師の淫らな生徒指導

1

景子と関係を持ってから、三日がたった。徹也にとって図書館は、今までとはまったく違う場所になっていた。

本に対する興味はこれまでほど感じなくて、頭の中は常に景子のことでいっぱいだった。

書棚の整理をしていると、景子が近づいてくるのが足音でわかった。振り返ろうとすると、その前に彼女が声をかけてきた。

「こっちを見ないで、そのまま作業を続けて」

景子はそう言って背後に立ち、徹也の耳元でささやいた。

「今日も閉館後、仕事を手伝ってちょうだい」

わざと温かい息を吹きかけられ、ぞくっとした。振り向かないように言ったのは、こういうことをするためだったようだ。

昨日の閉館後、すでに景子と二度目のセックスをしていたので、今日も声をかけられ、エッチな期待は膨らむばかりだった。

それにしても、仕事中の景子のクールな態度と淫らな素顔のギャップには、驚かされる。彼女がセックスのとき、どれだけ乱れるかは、司書として図書館で働いている姿からは、まったく想像できないものだった。

理菜とは書棚の奥でキスをしたのが最後で、その後は姿を見かけなくなった。徹也との関係について、景子に忠告か何かされて、図書館に来るのを遠慮するようになったのだろうか。

理菜は初体験の相手であり、彼女のおかげで一人前の男になれたのだから、もう会えないとなると、それはそれで惜しい気持ちもあった。

だが、今の徹也は景子に夢中で、実際には理菜という存在はそれほど重要ではなくなっていた。

今日もそれほど忙しい一日ではなかったため、閉館後、ほかの職員は定時に帰ってしまった。

徹也は貸し出しカウンターの奥の部屋でパソコンを操作していた。新刊や寄贈された本のデータを入力するように指示されたのだ。

景子は後ろに立ち、作業を見守っていたが、彼女の存在が気になって仕方がなかった。

「徹也、漢字の変換を間違えないようにしてね」

「はい、十分注意します」

職員やほかのボランティアがいるときはこれまでと変わりないが、二人だけになると、景子は彼のことを名前で呼ぶようになっていた。

名前を呼び捨てにされると、まるで景子の所有物になったような気分だが、徹也はそのことに喜びを感じていた。

「ところで、徹也、向井先生はどんな様子かしら。あのときのこと、何か言われたり質問されたりした？」

「いいえ」

それはつまり、理菜とキスをしているところを麻美に見られたことについてで、彼女は相手が景子だったと勘違いしたままでいる。

あれは確かに勘違いだったが、今ではそれが現実のことになっていた。

あのあと、学校で顔を合わせても、麻美と二人きりになることはなく、キスの件については何も話はなかった。

景子との間に何らかの確執があったのは間違いないが、麻美は彼女ににらみつけられて黙り込んでしまったので、徹也にキスのことを追及するわけにいかない事情があるのかもしれない。

「麻美には気をつけなさいよ」

景子も麻美の名前を呼び捨てにした。大学生のとき、二人が因縁浅からぬ関係にあったことは間違いないようだ。

「どうしてですか」

「教育熱心な教師に見えるかもしれないけど、本当は違うからよ」

「どんなふうに違うんですか」

「くわしいことはいいの。とにかく、麻美がいろいろ尋ねようとしたら、すぐに報告しなさいね」

突き放すような言い方をするので、徹也はますます気になってしまった。

「向井先生と中西さんて、以前、何かもめ事でもあったんですか」

「なぜそんなことをきくの？」

「図書館でお二人が話しているとき、ちょっと険悪な感じがしたから、ずっと気になっていて……」

「じゃあ、教えてあげるわ。大学時代にね、麻美は私を裏切るようなことをしたのよ」

「裏切る……？」

「彼女は私の恋人を寝取ったの」

やはり、二人の間には、そういうトラブルがあったのだ。景子がうそを言っているとは思えないが、麻美がそんなことをしたというのは意外だった。

だが、本当だとすれば、景子が彼と関係を持ったのは、二人の間に確執があることと、かかわりがありそうな気もする。

「中西さんは、向井先生がやったことを恨んでいるんですか」

「どうして？」

「向井先生は中西さんと僕がキスをしたと勘違いしていました」

「そうみたいね」

「それは、向井先生が大学時代のことで中西さんに恨まれていると思っていて、中西さんがわざと自分の生徒にちょっかいを出したと考えたからではないでしょうか」

「ほんと、勘違いも甚《はなは》だしいわね」

「でも、向井先生の勘違いに、中西さんはあえて反論しなかったですよね。どうしてなんですか？」

「麻美にかかわりたくなかったのよ」

「あの、もしかして中西さんは、向井先生に何らかの仕返しをするつもりで、僕と……」

徹也の問いかけに対し、景子は肯定も否定もしなかった。おかげで、彼女が関係を結んだのは、そういう理由からではないかという疑いは、拭えなくなってしまった。

「いいから、作業を続けなさい」

景子は後ろに立ち、徹也の肩に手を置いた。彼女に触られるだけで股間が熱くなり、ペニスが硬くなってくる。

だが、データを入力中なので、徹也の手はパソコンのキーボードの上にあり、膨らんだ股間を隠すことはできなかった。

「もっと集中しなさい」

モニターを覗き込むふりをしながら、景子は体を近づけてきた。後ろから徹也の肩にあごを乗せて、耳に息を吹きかける。

集中しろと言いながら、わざとそれを邪魔しているのだ。さらに、景子は徹也の耳を舐めはじめた。耳たぶを唇で挟まれたり、耳の穴の中に舌を差し込まれたりして、徹也は椅子に座ったまま身をよじらせた。

「中西さん……」

「二人だけのときは、名前で呼んでいいのよ、徹也」

「ううっ、け、景子さん……」

「作業中だというのに、落ち着きがないわね」

耳を責められるだけで、ぞくぞくするような快感が体を駆け抜けていく。おまけに、景子はワイシャツの上から乳首をいじくり、さらには耳を舌でいたぶりながら、前に手を回してテント状態の股間にタッチした。

「もうこんなに硬くなっているわ」

セクシーな吐息とともに、いやらしい言葉が耳に吹き込まれる。ズボンの上から握られているだけだが、亀頭がはち切れそうに膨らんでいた。

すると、景子が前に回り、デスクの下に潜り込んできた。突然、何をするのかとびっくりしたが、さらに太ももの間に陣取ろうするので、徹也は自然に足を広げてしまった。

景子は学生服のズボンのジッパーをおろし、ブリーフの中から勃起したものをつかみ出した。じかに握り締められ、徹也の驚きはさらに大きくなった。

「作業は続けるのよ。入力ミスがないようにしてね」

美人司書にペニスをしごかれているというのに、パソコンをきちんと操作できるはずがなかった。うっかりしていると、指が勝手に動き、意味のない文字や記号を打ち込んでしまう。

しかも、景子の責めはそそり立ったものを指で刺激するだけにとどまらなかった。舌を伸ばし、張り詰めた亀頭を舐めはじめたのだ。

「ああっ、そんな……」

徹也の心は感激に包まれた。憧れの女性にフェラチオしてもらい、喜びで胸がいっぱいになる。

しかし、のんびり喜びにひたっている暇はなかった。ペニスを舐められ、腰が震えだしそうな快感が襲いかかってきたからだ。ただの手しごきとは次元が異なっていて、セックスの気持ちよさともまた別物だった。

舌のぬめりが心地よく、塗りつけられた唾液とともに摩擦されると、ペニスが限界まで硬くなってしまう。舌のくねり方にも興奮をあおられた。

「ふふっ、元気なオチ×チン、大好きよ」

何より、景子が徹也のものをおいしそうに舐める姿がいやらしかった。尿道口を舌先でつつき、亀頭の裏側を舐めこすり、カリ首に舌を巻きつかせる。

それから、舌が反り返ったサオを舐めおりて、根元までしつこくねぶり尽くした。

すでにペニスは唾液まみれだった。景子は再び亀頭に舌を戻すと、大きく口を開け、先端部分を唇で挟み、くわえ込んだ。

「ふぐぐっ……」

ペニスをほおばる顔もまたなまめかしかった。徹也のものが大きく膨張しているため、整った顔が少し歪んで、卑猥な表情になるのだ。

口内の感触も非常に素晴らしかった。いくら口を大きく開けても、亀頭が膨れ上がっているので、舌が密着し、口内粘膜が張りついてくる。

そこに唾液のぬめりが加わり、景子の口の中は何とも悩ましげな刺激に満ちていた。

「はぐっ、はぐっ……」

口を動かさなくても十分気持ちよかったが、景子が唇でサオをしごくような感じでおしゃぶりすると、快感の嵐が吹き荒れた。

艶やかな唇が反り返ったサオをしっかりと挟み込んでおり、口を動かすたびに、亀頭のエラに引っかかって、気持ちよくこすれる。

新鮮な唾液に包み込まれたペニスの先端部分は、口内粘膜で妖しく摩擦され、みがき立てられていた。同時に、舌が動き回っているので、あちこちのポイントがランダムに刺激される。

「うぐっ、うぐぐっ……」

景子は亀頭だけを口に含み、カリ首の部分を集中して摩擦したり、逆に亀頭の先端からサオの付け根までじっくりとしゃぶり立てたりして、フェラチオのやり方をいろいろ変えながら責めてくる。

初めて味わう快感はすさまじいもので、徹也は急激に切羽詰まった状態へと追いやられていった。

「あぐぐぐっ……」

「おおっ、吸い込まれる……」

続いて、景子はいきり立ったものをほおばったまま、吸引を加えた。のどの奥まで吸い込まれそうな勢いがあり、強烈な刺激がもたらされる。

しかも、ほおをすぼめた顔がたまらなくエロチックだった。

激しい吸引を加えられているにもかかわらず、徹也のものは口内で暴れ回ってしまった。

景子は硬く反り返って口から飛び出しそうになるペニスを、懸命にしゃぶっている。

「はぐっ、はぐっ、はぐぐっ……」

リズミカルに吸い立てられると、椅子から腰が浮き上がりそうになった。異常な快感がペニスの一点に集まり、暴発の危機が迫ってくる。

「も、もう出そうです……」

そう訴えても、景子はフェラチオをやめなかった。このままでは彼女ののどにぶちまけることになるが、もうどうすることもできなかった。

「ひぐぐぐっ！」

長く強烈な吸引で責め立てられ、とうとう口内発射してしまった。景子ののどの奥に大量のザーメンを注ぎ込んだのだ。

「おおおっ！」

ペニスが何度も脈打ち、濃厚な精液を迸らせる。

景子の口を汚してしまい、申し訳なく思いつつも、心の中はすべてを出しきった満足感でいっぱいだった。

むせることもなく、景子はザーメンのすべてを舌で受け止めた。それから、口の中にたまった精液を、ゆっくりと飲み込んだ。

「うぐううっ……」

ペニスをくわえた状態で白濁液を飲まれると、思わぬ快感が下半身を走り抜け、うめき声を漏らしそうになった。

のどを鳴らしてザーメンを飲み干し、景子はようやくペニスから口を離した。彼女も満ち足りたような表情を浮かべている。

だが、それでフェラチオが完了したわけではなく、景子は舌を伸ばしてザーメンが付着した亀頭を舐め清めてくれた。

舌に白濁液が絡みつく様子がいやらしい。ドロッとした精液を舐め取り、代わりに唾液を塗りつける。

さらには、サオを手でぎゅっと握り締めて、尿道口に残ったザーメンをしぼり出した。そして、亀頭に唇をつけ、チュウチュウ吸って最後の仕上げをした。

初めてのフェラチオは口内発射というおまけが付いて、本当に素晴らしい体験になった。

2

翌日、帰りのホームルームのあとで、麻美が声をかけてきた。

「図書館のボランティアのことでちょっと話があるから、生徒指導室で待っていなさい」

生徒指導室は狭い部屋で、教師が生徒のいろいろな相談に乗ったりするときに使われる。今は専門のスクールカウンセラーもいるので、ごくたまに使用されるだけになっている。

麻美はやはり、自分が目撃したキスのことを問いただそうとしているのだろうか。キスの相手が景子だというのは麻美の勘違いだが、その後、徹也は景子と本当に関係を結んでしまったので、話がややこしくなっている。

いずれにしても、景子との関係が麻美にバレるのはまずい。景子も言っていたように、十分警戒する必要があった。

椅子に座って待っていると、生徒指導室の扉が開き、麻美が入ってきた。今日は白いブラウスに、長めのスカートという恰好だった。

麻美はテーブルを挟んで、徹也と向き合って座った。

怒ってはいないが、いつものように優しい態度で接するという雰囲気ではなかった。

「村山君、この前、図書館で女性といっしょにいたときのことを正直に話してほしいの。いっしょにいたのは、司書の景子、いえ、中西さんだったんでしょ」

予想したとおりだった。麻美は勘違いしたまま、ずっとそのことが気になっていたに違いない。

「あれは中西さんじゃありません」

「じゃあ、誰だったの？」

「図書館の利用者の人です」

それが事実であるにもかかわらず、景子と関係してしまったことが心にかかっていて、徹也の声は弱々しいものになった。

「景子に口止めされているのかもしれないけど、先生にだけは本当のことを言ってちょうだい」

「うそじゃありません。だから、中西さんに口止めされるなんてことも、ありえないです」

「絶対に認めてはいけないって、彼女から言われているのね」

「違います。どうしてそんなに、中西さんにこだわるんですか。先生と中西さんの間に、何かあったんですか」

景子は恋人を寝取られたと言ったが、麻美の口からも、そのことについて聞いてみたいと思った。

「ちょっとした行き違いがあっただけ。そんなこと、村山君は気にしなくていいのよ」

自分は景子のことにこだわっていながら、徹也の質問には、突き放すような言い方で答えをはぐらかした。

「気になります。だって、どうしても相手は中西さんだって決めつけるから、何かあったんだろうって、普通は思うじゃないですか」

なおも食い下がると、麻美は苛立ったように眉間に皺を寄せた。

「いいかげんにしなさい。私は村山君を景子から守りたいだけ。このまま放っておけば、きっとよくないことが起きるに決まってるわ」

麻美は徹也に詰め寄ろうかという勢いで立ち上がった。穏やかな性格の彼女が、こんなに激しい感情を生徒の前で見せたことはなかった。

「先生、怒らないでください……」

徹也はびっくりすると同時に、どうしたらよいか、わからなくなってしまった。

彼が望んでいるのは、今後も景子との関係を続け、もっとセックスをしたいという
ことだった。麻美とのことは気になるが、どうしても知りたいわけではなかった。

「中西さんには、いつも図書館のことをいろいろ教えてもらっているだけです」

「……本当？」

麻美は表情を和らげ、徹也の目を見つめた。多少、感情的になってはいるが、本気で彼のことを心配してくれているようだった。

そんな彼女を見ていると、大学時代に景子の恋人を奪ったという話のほうが疑わしく思えたりもする。真実はもっと違うところにあるのではないか。そんな気がしてきて、徹也は困惑した。

「ごめんなさい、少し言いすぎたわ。そんなに悲しそうな顔をしないで」

麻美は机を回り、徹也の横に置かれていた椅子に座った。そして、徹也の手を取り、握り締めた。

「泣かないで、村山君。先生は怒っているわけじゃないのよ。あなたの将来を心配しているだけなの」

徹也はこの状況に戸惑ってしまい、それが顔に出ただけなのだが、麻美は厳しく問

い詰めたことで、彼が今にも泣きそうだと勘違いしたらしい。

麻美は徹也を自分のほうに引き寄せ、母親のように抱き締めてくれた。彼女は景子に比べると、母性的な側面が強い女性で、徹也はその胸に甘えるような恰好だった。

「どう、少し落ち着いたかしら」

「大丈夫です……」

そう返事はしたものの、女教師に優しく抱き締められて、彼はあまり落ち着けない状態になっていた。

ちょうど彼女の胸に顔をうずめるかたちで、顔に柔らかいものが当たっている。ほのかにミルクのような匂いを嗅ぎ取ることもできる。香水をつけていないので、それは生の体臭だった。

麻美のバストは景子や理菜より大きいように思われた。理菜より大きいとすれば、Gカップだろうか。

どうしても気持ちがそちらに向いてしまい、じわじわと下半身が熱くなってきた。いくら優しくても、麻美は生身の女性であり、しかも、巨乳なのだ。

美人ではあるが、今まで麻美を女性として意識したことはほとんどない。彼女はまじめな性格で、面倒見もよく、信頼できる担任教師という感じだった。だから、積極的にマスターベーションのおかずにしようとも思わなかったのだ。

ところが、こんなふうに豊満なバストが密着していると、女性として意識しないわけにはいかなかった。

もちろん、麻美もそういうつもりはまったくなくて、教え子を元気づけようとしただけだろうが、結果として徹也に女の肉体を感じさせることになっている。

「ああっ、先生……」

幼い子供が母親に甘えるように、胸元にほおずりすると、女教師のバストの柔らかさやボリュームを、あごのあたりで感じ取ることができた。

麻美の母性的な側面が、いつの間にか成熟した女のなまめかしさにつながり、興奮をあおっていた。

だが、興奮はしていても、麻美に甘えることによってこのまま話をそらし、景子との関係をごまかすことができないだろうかという気持ちもあった。

徹也は麻美の背中に片手を回し、しっかりと抱きついた。顔を押しつけているうちに、ブラウスのボタンが外れてしまった。

最初から一番上のボタンはとまっていなかったが、あごが押し当たって、二番目のボタンも外れ、胸元が開き気味になっている。

ちらっと見ると、ブラジャーのカップや二つの乳房の間に刻み込まれた深い胸の谷間が目に入った。徹也が抱きついているせいで、どうやら麻美は、ボタンが外れていることに気づいていないらしい。

徹也はキスをするように、胸元に唇をそっと触れさせた。それから、顔を下げ、胸の谷間に唇を移動させていった。

「村山君、何をしているの！」

ようやく麻美は、教え子のしていることに気づいて、驚きの声をあげた。彼を押しのけ、胸元へのキスをやめさせようとする。

だが、徹也はそうはさせまいと、麻美の背中に回していた腕に思いきり力を込めた。押し当たっているバストとほおのすき間に、もう片方の手をしのばせ、ブラウスのボタンを探って順々に外していく。

麻美はもがいて何とか逃れようとするが、徹也の腕の力が勝っていた。

「やめて……」

もたついているうちに、徹也はボタンを全部外して、ブラウスの前をはだけさせた。怒られるのを承知で、女教師のふくよかなバストをどうしても見てみたかったのだ。

はだけたブラウスの下から、白いブラジャーが現れた。その真ん中で、はみ出した肉が見事な谷間を形作っている。

「先生のオッパイ、大きい……」

麻美は恥ずかしさとショックで打ちのめされたのか、言葉を失っていた。

徹也は校内で女教師の乳房にほおずりしているという事実に、すっかり興奮しきっていた。

生徒指導室は校舎の外れにあって、各クラスの教室からは少し離れているので、ほかの教師や生徒が来る可能性は少ないが、絶対大丈夫という保証はない。放課後とはいえ、部活動の生徒などがまだ大勢残っているのだ。

それにしても、担任の教師のバストがここまで大きいとは知らなかったが、この感触を味わった生徒は、自分以外にはいないはずだ。そう思うと、何とも言えない優越感がこみ上げてきた。

しかし、今はブラジャーが邪魔だった。こうなったら女教師の乳首を見てみたいし、ボリューム満点のバストにじかに触ってみたかった。

「あんっ、ダメよ……」

ブラジャーのホックを外そうとすると、麻美は声をあげて体をよじった。だが、背中に回した徹也の手をどうにもできず、ホックはすぐに外れた。

ほおずりをやめて顔を離すのと同時に、徹也はカップをずり下げた。ストラップが肩から外れたようで、生の乳房が丸見えになった。そのとたん、ペニスはどんどん硬くなって、ズボンの前が突っ張ってしまった。

「乳首がきれいです……」

「ああ、なんてことを……」

大きなバストに比べると、薄桃色の乳首は小さくまとまっており、理菜よりも淡い色合いのように思われた。だが、徹也の視線を釘付けにするだけの存在感があった。

理菜の乳房を生で見たときと違って、麻美は着衣のままだ。ただ、下はきちんとスカートをはいているが、ブラウスははだけていて、その乱れた着衣が思わぬ興奮を生んでいる。なまめかしさが、かえって強まったように感じられるのだ。

3

徹也は思いきって生乳に舌を這わせた。

「イヤ、くううっ……」

舌が張りついた瞬間、麻美は体をビクッとさせ、バストも揺れた。

徹也はすかさずあちらこちらに這い回らせ、バストの大きさと柔らかさを舌で実感した。舌先を尖らせて、押したり揺らしたりもしてみた。乳房は柔らかいのに張りがあり、形が歪んでもすぐ元に戻る。

さらに徹也は、女教師の乳首を徹底的に責めた。舐めはたいたり、吸いついたり、あるいは乳房の中に乳輪ごと埋め込んだりすると、そのたびに麻美は身をよじらせた。

「ひううっ……」

ここは学校なので、麻美も何とか声を押し殺そうとするが、どうしても喘ぎが漏れてしまう。その声は教師らしからぬ甘い響きを帯びていて、今や麻美は、快感に翻弄される一人の女でしかなかった。

そのことが徹也を奮い立たせ、いっそう大胆にさせるのだった。

「乳首がすごく尖ってきましたよ」

わざといやらしい声でささやくと、麻美の体が打ち震え、それが徹也にも伝わってきた。彼の言葉で恥辱感がさらに増したようだ。

主導権を握っていた景子や理菜でさえ、秘部をさらけ出したり、そこを刺激されたときには、恥じらいが感じられたが、麻美が体験している恥ずかしさは、もっと本格的なものに違いない。

女教師が生徒指導室で、呼び出した生徒にむき出しのバストを舐められているのだから、それも当然だろう。

徹也は恥ずかしがる麻美の姿に大きな興奮を覚えた。彼女が色白の肌を朱に染め、身を震わせると、どんどんなまめかしさが増していくのだ。

「ひふうっ、はあっ……」

理菜のバストと戯れたときには、舐めさせてもらっているという感じが強かったが、今は徹也が麻美の乳房を舌と唇で責めている。しかも、悩ましげな弾力を楽しむ余裕があった。

バストのあらゆるところにキスの雨を降らせていた徹也は、二つの膨らみの感触を両方いっぺんに満喫したいと思い、Gカップの乳房の間に顔を挟んだ。

深い胸の谷間は汗ばんで、セクシーな匂いがこもっていた。バストの細かな揺れや震えを、ほおで感じ取ることができた。

「あふうっ……」

麻美は決して徹也に身を任せているわけではないはずなのに、それほど抵抗して暴れたりはしなかった。気持ちよくなってしまって、体に力が入らないのかもしれない。

乳房で顔を挟まれたまま舌を伸ばし、胸の谷間を舐めてみた。汗ばんだ肌に舌を這わせ、唾液を塗りつける。

「ふひいっ、そんなところ、舐めないで……」

乳首ほどではないが、胸の谷間も意外に感じるらしい。脇の下などと同じように、ふだんは外にさらされていない部分だから、敏感なのかもしれない。徹也が舌を動かすと、バストの震えが激しくなった。

胸の谷間を舐めながら、両手でそれぞれの乳房をつかみ、揉んでみた。柔らかなバストに指を食い込ませるだけでなく、乳首を指先でこね回したり、プッシュしたり、弾いたりして責めまくる。

今の徹也は、まさに顔をパイズリされている状態だった。顔の代わりに、ペニスをここに挟んだら、どれだけ気持ちいいか、想像するだけで股間がますます熱くなってしまう。

「あくううっ、いけないわ……」

口では「いけない」と言いながら、成熟したボディは悩ましげにくねっている。下半身の反応がどうなっているか詳しく知りたくて、徹也はバストから離れ、椅子に座っている彼女の前にひざまずいた。

「オッパイだけじゃなくて、こっちにも甘えていいですか」

言い終わらないうちに、女教師のスカートの中に顔を突っ込んだ。少し暗かったが、中にこもっている下半身の匂いを胸いっぱい吸い込む。

「きゃあっ、そ、そんなことをするなんて……ひどいわ……」

麻美は声を殺して教え子を非難した。大きな声を出して、誰かに助けを求めることも可能だったが、こんなところをほかの人間に見られたくないに違いない。それなら、もっともっと過激なことができる。

徹也は早く秘裂が見たくて、パンストとショーツをいっしょにおろそうとした。パンストは何とかずらせたが、座った状態なので、ショーツを脱がすことができず、無理やり引っ張ると、下着の布地が伸びてしまった。

さらに深くスカートの中に顔を突っ込んだため、麻美はびっくりして腰を浮かせ、そのすきにショーツをおろした。

室内履きとして使っているシューズはすでに脱げており、パンストとショーツを足首から一気に抜き去った。

「ああっ、何て恥ずかしいことを……」

スカートのすそが大きくめくれ、ノーパンの下半身があらわになった。完全な無毛ではないが、陰毛は恥丘にほんの少ししか生えていなかった。

「先生って、アソコの毛が薄いんですね」

足を閉じられないように手で押さえながら、ワレメに触れてみた。小陰唇がいい感じにはみ出しているが、グロテスクには見えない。むしろ、きれいなワレメで、縦筋はすっきり整然と刻まれていた。

チーズのような匂いが鼻をくすぐる。景子や理菜とは違っていて、秘裂の匂いは人それぞれなのだと思った。

「中がちょっと濡れているみたいです」

ワレメの内側は粘膜だから、ふだんでも湿り気を帯びているが、開いてみると潤いが多すぎるような気がした。

「そ、そんなはずはないわ……」

「じゃあ、もっと濡らしてあげます」

ここまでくると、下半身の反応を詳しく知りたいというより、気持ちよくなってほしいという思いが強くなっていた。男性に責められて、担任の女教師がどのように乱れるかにも興味があった。

徹也は迷うことなく秘裂に舌を伸ばした。太ももの間に顔を潜り込ませ、ワレメをじっくり舐め上げる。匂いは違っても、蜜の味はやはり甘酸っぱいもので、景子よりやや濃い感じがした。

「ひくうっ、ダメ……」

徹也が童貞のままだったら、作戦はうまくいかないどころか、そもそもこんな大胆なことはできなかっただろう。

理菜のオナニーを手伝ったり、景子の秘貝を舐めたりした経験があるから、臆することなくクンニができたのだ。

ワレメを丹念に舐めほぐすと、麻美は腰もヒップも太ももも、小刻みに震わせた。生徒にクンニされるなんて、恥ずかしくて仕方がないのだろう。

秘裂に舌をめり込ませ、女教師の粘膜を存分に味わう。舌先でワレメをめくり、はみ出した小陰唇にも唾液を塗りつけた。

「あううっ、助けて……」

特に集中して舐めたのは、クリトリスと秘穴の入り口だった。交互に舌を這わせ、二つの性感ポイントを責めまくる。

軽い圧迫を加えながらクリトリスをこね回し、秘穴には舌先を差し込んでかき混ぜるようにすると、麻美は椅子の上で切なそうに腰をくねらせた。

徹也はこれで三人の秘裂に接したことになるが、女性のこの部分は実に神秘的なパーツだった。
小陰唇の形、粘膜の色合い、秘貝の匂い、愛液の味など、人それぞれに異なってい
て、それらが組み合わさり、秘裂全体のいやらしさや妖艶さが特徴づけられているの
だ。
逆に、それぞれ違いはあっても、女性の秘貝はどれも魅力的で、徹也の心を強く惹
きつけていた。
とにかく、自分の舌で麻美が妖しく乱れているのかと思うと、ますます自信が湧い
て、徹也はさらに激しい舌遣いで責めつづけた。
「はひぃいっ、ダメになっちゃう……」
秘裂のあらゆる部分を舐めこすっていると、トロッとした愛液がどんどん漏れ出し
てくる。
「いっぱい濡れてきましたよ」
「ダメよ、もうやめて……ああ、イヤ……」
これだけ濡れていれば、次の段階に進めるだろう。この魅力的な蜜穴にペニスを挿
入するのだ。最初はそんなつもりはなかったが、今は何としても麻美と合体したい。
徹也はクンニを中断して立ち上がり、ズボンのファスナーをおろして勃起したもの

を引っ張り出した。

麻美の上に覆いかぶさり、太ももの間に腰を割り込ませ、体を重ねようとした。そのとき、外の廊下で足音が近づいてくるのが聞こえた。

生徒か教師かわからないが、誰かがこの教室に来るのではないかと思い、心臓が止まりそうになった。

もちろん、挿入は断念せざるをえないが、徹也はペニスをしまうのも忘れ、そそり立たせたまま、廊下の足音に耳を澄ませた。

だが、そのすきを見て、麻美は立ち上がり、椅子の後ろに逃げ込んだ。それから、素早くブラウスのボタンをはめ、シューズを履いた。

「逃げないでください」

「もう、これ以上はやめなさい」

徹也が動こうとすると、麻美は彼を制した。足音は部屋の前を通り過ぎたが、さらに遠ざかるまで、二人はそのまま椅子を間に挟んで立っていた。

足音が聞こえなくなると、麻美の腕をつかもうとしたが、その瞬間、彼女は扉に向かって走り、廊下に飛び出した。

「先生、待って！」

徹也も後を追いかけようとしたが、ペニスが出しっぱなしであることに気づいた。慌ててズボンの中にしまって廊下に出ると、ちょうど麻美の姿が階段のほうへ消えるところだった。

結局、麻美とセックスをすることはできず、徹也の心の中に口惜しさが残った。

その一方で、担任の女教師に対し、衝動的な行動を取ったのはまずかったという思いがあって、後悔もしていた。

さらには、麻美には気をつけるように、景子から言われていたことを思い出し、彼女に知られたら大変なことになると思った。

だが、あらためて麻美が生徒思いの優しい先生であることがわかり、景子が言っていた大学時代の話が本当なのかどうか、という疑いも浮上してきた。

そうしたいろいろな思いが入り混じって、徹也の心は複雑に揺れ動いてしまうのだった。

第五章　羞恥と甘美のアヌス弄り

1

図書館で徹也が女性といかがわしい行為をしていたのを目撃してから、麻美は彼と距離を置いていたが、昨日の出来事によって、ますます離れていってしまったようだ。

これまでは図書委員の仕事以外にも、授業で使うプリントの仕分けや教材の運搬など、徹也にいろいろと手伝いを頼んできたのだが、このところ別の男子生徒に頼むようになり、今日は朝から目も合わせてくれない。意識的にそうしているのは明らかだった。

生徒指導室であんなことになって、徹也とどう接したらいいか困っているのか、あるいは、また同じことが起きないように警戒しているのだろう。

どちらにせよ、このままでは時間がたてばたつほど話しづらくなるのは間違いない。許してもらえない可能性もあるが、とにかく、謝ったほうがいいだろうと徹也は考えた。

にもかかわらず、反省の気持ち以上に、クンニで麻美が感じていたことが、どうしても頭から離れない。いかにも気持ちよさそうな女教師の表情が、目に焼きついてしまったのだ。

もちろん、バストの弾力や、秘貝の匂いや味も、しっかり覚えており、国語の授業中にふと思い出して、股間が硬く勃起してなかなか治まらなかった。

謝らなければという気持ちと、エッチな記憶が頭の中を行き交って、徹也は一日中、麻美のことを考えつづけていた。

だが、ほかの生徒が近くにいたりして、彼女に謝罪するチャンスはなかった。麻美自身がそういう状況になるのを避けているのかもしれない。

そして、とうとう一日の授業が終わってしまった。放課後は図書委員の活動があるので、今日中に謝るとすれば、これが最後のチャンスだ。

図書室に集まった委員たちは、あちこちに散らばって作業を始めたが、徹也は常に、彼女が今どこにいるかを頭の隅に置いていた。

書棚を回って傷んだ本をチェックしているときだった。反対側の棚に麻美が来たのに気づいて回り込むと、奇跡的に周りに誰もいなかった。足早に近づくと、彼女は表情を固くして身構えた。

「あ、あの、先生……」

「何でしょう？」

低い声に警戒心が表れている感じがした。

「昨日は本当に、すみませんでした……」

「そうね。二度とあんなことはしないって、約束できるかしら」

「はい」

「それなら、もういいわ。昨日のことは忘れなさい」

心から謝罪していることが伝わったようで、とりあえず麻美は許してくれた。

だが、徹也はすぐにうなずくことができず、言葉に詰まった。

「どうしたの、約束できないの？」

二度とやらないと約束はできても、忘れることはできそうにない。女教師の肉体を、彼は五感で知ってしまったのだ。何より、クンニで彼女を感じさせたという事実を消し去るのは不可能だった。

「もうしません。でも、忘れるのは無理です。だって、先生の顔が……」

「私の顔？」

「あのとき、先生はとっても気持ちよさそうな顔をしてました。それが頭から離れないんです」

麻美は驚いたように目を見開き、とたんに頬を赤らめた。

「そ、そんなはずないでしょ。変なこと言ってないで、早く忘れなさい」

では、どうしてあんなに濡れていたのか、徹也は反論しようと思ったが、ほかの生徒に聞かれてはまずいので、周囲の様子をうかがった。

そのすきに麻美は書棚から離れ、追いかけようとしたところへ、ほかの生徒が近づいてきた。

不審に思われないよう、徹也はその場にとどまり、彼女の後ろ姿をただ目で追うしかなかった。

麻美はカウンターにいた女子生徒に何か言い置いて、そのまま図書室から出ていってしまった。

2

翌日の放課後、徹也はボランティア活動のため、市立図書館に出向いた。

いつもなら、たとえ作業をしているときでも、景子がちょっとしたすきを見つけて近づいてきて、こっそり可愛がってくれる。耳に息を吹きかけて、いやらしいことをささやいたり、さりげなく股間にタッチしたりするのだ。

それだけで徹也のものは硬く勃起してしまい、図書館の利用者や他校のボランティアに気づかれないか、ヒヤヒヤものなのだが、ズボンの膨らみはなかなか鎮《しず》まらないのだった。

ところが、今日はほかのボランティアとずっといっしょの作業だったので、景子のエッチな悪戯は期待できなかった。

残るチャンスは閉館後だ。景子の仕事が忙しかったり、ほかの職員が残っていたりということがなければ、二人きりになれる。

ボランティアに参加している高校生は、定期的に活動のレポートを提出することになっていて、徹也はその準備の資料集めという名目で、閉館後も残って少し様子を見ることにした。

するとと、景子以外の職員は一人、二人と帰っていき、早々に徹也だけが残った。景子は残務に追われているように見えたが、ほかの職員がいなくなったとたん、色っぽい表情に変わって彼を手招きした。

誘われたのは受付カウンターの中で、景子は窓口の担当者が座る椅子を横に向けた。

「ここに座りなさい」

徹也が座ると、すかさずその前にひざまずいて、ズボンのベルトを外しにかかった。ファスナーをおろし、素早い手つきでブリーフからペニスをつかみ出してしまう。徹也はもちろん、どきどきしながら、されるがままだ。

景子に呼ばれた時から期待が膨らみ、ブリーフから出される間に、ペニスはみるみる硬くなっていた。

「あらあら、何でこんなになっているの。恥ずかしくないの？」

「恥ずかしいです……」

「どうなっているか、自分の口で言ってみなさい」

「オチ×チンが硬くなっています」

景子の手で触られたとたん、徹也のものは完全にそそり立ち、彼女はそれを握り締めて、硬さを確認している。

椅子に座っていても、徹也はカウンター越しに館内が見渡せるので、閉館後とはいえ、こんなところで勃起したペニスをさらしている異常さに興奮してしまった。

「硬くなってるだけじゃないわ。ここが不恰好に膨らんでるわね」

景子は人差し指を亀頭に伸ばし、ゆっくりと撫で回した。もどかしくなるような触り方なのに、体がぞくぞく痺れて、情けないうめき声が出そうになった。

それから、景子は舌を出し、張り詰めた亀頭を舐めはじめた。それもやはり、ほんの軽く触れるだけなのに、思いのほか気持ちよくて、声が出るのをこらえながら悶えるしかなかった。

すると、不意にエントランスの扉が開く音がした。閉館時間は過ぎているが、景子はまだ施錠していなかったらしい。びっくりして顔を上げると、誰かが開いた外扉から図書館に入ってくる。

勃起したものを慌ててしまおうとしたら、景子がそうはさせず、握ったままカウンターの下に潜り込んでいく。徹也は正面を向く恰好になり、内扉を開けて入ってきた人と目が合い、思わず息を呑んだ。

それは麻美だった。

「こんにちは、村山君」

麻美はカウンターの前までやってきた。景子は下に潜り込んでいるので姿は見えないが、こんな状態で麻美と向き合うなんて、危険というか、あまりにも異常なので返事ができない。

カウンターから上の見えている部分はごく普通だが、その下で徹也は大股開きになって、しゃがみ込んだ景子にペニスを握られているのだ。

「生徒のボランティア活動に問題があるといけないので、どんな様子か、ちょっと見にきたのよ」

「べ、別に、問題なんてありません……」

学校では相変わらず距離を置いている麻美だが、こうしてわざわざ様子を見にくるくらいだから、まだ景子とのことを心配しているのだろう。

「今は、何をしているの」

「ボランティアのレポートの資料探しです」

いかにも作業途中といった感じで、カウンターの上のモニターとキーボードを指さした。電源はすでにオフになっていて、画面には何も映っていないが、麻美からは見えないので、咄嗟にそう答えた。

彼女は何の疑いも持っていないようで、安心した。しかし、見えないところで、丸出しのペニスを景子に握られたままなので、妖しい緊張が続いている。

「職員の人は？　景子はどこにいるのかしら」

カウンターの下にいる景子を、ちらっと見そうになったが、何とか思いとどまった。

だが、彼女を呼んでほしいと言われたら、厄介なことになる。

「中西さんは、今日はもう帰りました。ほかの職員の人なら、閉架の書庫で作業中だと思いますけど、呼びましょうか」

「その必要はないわ。自分の生徒が働いている姿を確認できて、ちょっと話を聞ければそれでいいの」

景子以外に用があるとは思えないので、はったりで言ったところ、予想どおりの答えが返ってきた。

「ボランティアのほうはどう？　何か困っていることはないかしら」

「べつに、ないです」

麻美はカウンターに手をついて、わずか一メートルあまりの距離で話している。こんな状況であるにもかかわらず、徹也のものがしぼむ気配はなかった。

「ボランティアも大切だけど、あまりのめり込まないようにするのよ。学校の勉強もあるんだから、ほどほどにね」

麻美の言葉に景子が反応した。徹也のものを口に含んだのだ。女教師のアドバイスを、余計なお世話だとでも言うように、なまめかしい口内粘膜と舌でペニスをねっとり包み込む。

「うっ……」

「どうしたの？」

「何でもありません……」

麻美の目の前で景子にフェラチオされるという、とんでもない状況になっていた。景子はさらに舌を動かして、亀頭の裏側を巧みに刺激する。

顔色が変わったりしたら、バレるのではないかと焦りまくったが、一方でそれは、驚くほど興奮をあおられる状況でもあった。

徹也のものは景子の口内で硬く膨張しきっており、くわえているのはけっこう苦しいはずだが、声をあげることはもちろんできない。妖しい緊張感に包まれて、景子もかなり興奮しているに違いない。

何しろ、このスリル満点の状況を作り出したのは、景子自身なのだ。ペニスを握ったままカウンターの下に潜り込み、入ってきたのが麻美だとわかって、フェラチオまで始めた。わざと危険なことをして、楽しんでいるとしか思えなかった。

「何だか、顔色がよくないみたいだけど、大丈夫？」

「べつに、なにも……」

麻美は徹也の異変に気づいたかもしれない。探るような目で彼の顔を見つめている。

景子は舌の動きを止めた。勃起したものをくわえたままじっとしているが、それだけでも刺激と快感は治まることがなかった。

このままでは、口の中で暴発してしまうかもしれず、そうなれば平静を保っていられる自信はない。麻美に早く帰ってもらいたいが、その方策も思い浮かばなかった。

「体の調子が悪いなら、今日はもうボランティアを終わりにして、いっしょに帰りましょうよ」

麻美が困ったことを言いだした。

「でも、まだ作業が残っていますから……」

頭の中はフェラチオの気持ちよさに支配され、麻美との会話にきちんと対応できなくなりそうで、危うい感じがしてきた。これ以上、話を続けるのはよくないと思い、何も映っていない画面の前で、キーボードを叩いてみた。いかにも作業に戻りたそうな態度を見せたのだ。

景子は張り詰めた亀頭をしっかりとくわえ込んでいる。口の中は分泌された唾液でいっぱいになっており、唇のすき間から染み出して、サオを伝い落ちていく。それがまた気持ちよくて、徹也はカウンターの下でひそかに腰を震わせた。

「まあ、村山君がきちんとボランティアをやっているようで、安心したわ。じゃあ、私はそろそろ失礼するわね」

麻美の言葉に、ほっと息をついた。

「帰りがあまり遅くならないようにしなさいね」

「はい。わかりました」

モニターを見つめながらうなずくと、麻美はまだ何か言いたそうではあったが、ようやく出入り口に向かって歩きだした。

「ふぐはあっ……」

麻美が図書館から出ていくと、景子はペニスを吐き出した。唇や舌と亀頭の間に、唾液がいやらしく糸を引いている。

「ちょっと邪魔が入ったけど、気を取り直して楽しみましょう」

景子は体を起こすと、唾液まみれのペニスを勃起させている徹也の手を取り、立ち上がらせた。

3

エントランスの扉を施錠してから、二人は奥の書庫に移動した。職員も利用者もおらず、図書館は夜の静寂に包まれている。照明は一部を残して落としてあるので、昼間とはかなり雰囲気が違っていた。

徹也はズボンとブリーフを脱がされ、高い書棚に立てかけられた梯子に寄りかかるように命じられた。

「両手を挙げて、梯子をつかんでいなさい」

手を縛りつけられたわけではなく、自分でつかんでいるだけなのに、まるで梯子に磔《はりつけ》にされたような恰好になった。ジャケットを羽織っておらず、ワイシャツ一枚だ。下半身はすでに丸出しで、無防備な状態で梯子に寄りかかっている。

景子はそんな徹也に接近してきて、ほとんど抱きつきそうなところまで距離を縮めた。

「お似合いの恰好だわ」

言い終わると同時に、徹也の唇を奪った。彼女の唇は柔らかかったが、感触を楽しんでいる暇もなく、舌が差し込まれた。

口内を隅々まで探る景子のキスは、理菜に比べると攻撃的だった。ふだんのクールさとは正反対で、情熱的に舐め回し、舌を絡めている。

舌同士がもつれ合い、摩擦されると、それが股間に響いてさらに硬くいきり立たせる。だが、景子はペニスには触れず、ハードなキスを続けるだけだった。ときどき、スカートの布地に亀頭がこすれ、かすかな刺激が思いのほか気持ちよかった。

「ふううっ……」

舌の絡め合いだけでなく、景子は徹也に口移しで唾液を飲ませようとした。それは甘く、とろみのある濃厚な液体だった。

「はあっ……」

長いキスのあと、景子は唇を離し、熱い息を吐き出した。唇を吸い、舌を絡めただけなのに、徹也は激しい運動をしたときのように、心臓がどきどきしている。硬く勃起したペニスからは、先走り液が滲み出していた。

「まさか、ほかの女性のことを考えていたんじゃないでしょうね」

「そんなこと、ありません」

「私以外のことは、すべて忘れてしまいなさい」

何となくだが、麻美のことを言っているような気がした。

景子はワイシャツのボタンを外し、徹也の裸の胸を露出させた。それから、肌に舌を張りつかせ、鎖骨から首のあたりを舐めはじめた。

「うくっ、景子さん……」

首に唾液を塗りつけられただけなのに、徹也のものはますます大きく反り返ってしまった。先端部分が腹にぶつかりそうになっている。

景子の舌は首から、肩、胸へと這い進んだ。小刻みに動き、ときどき、唇も押しつけられる。唾液のぬめりが気持ちよく、甘い匂いも漂っている。

「ここなら、好きなだけ声を出しても平気よ」

いくら気持ちいいとはいえ、女性の前で悶えるのは恥ずかしいことだった。しかし、その恥ずかしさが新たな快感を生み出し、下半身がめろめろになってしまうのも確かだった。

景子の舌は徹也の乳首にたどり着いた。舌先が円を描くように動き、乳輪や乳首をねぶり尽くす。とたんに、快感が走り抜けた。

「おおっ……」

「あら、声の調子が変わったわね。ここが弱点なのかしら」

乳首を舐められるのが、こんなに気持ちいいというのは意外だった。くすぐったさもあるが、それ以上に、唾液のぬめりとともに舐め回されるのが刺激的だった。

いや、舐めてくれるのが景子であるなら、体のどこをねぶられても、快感が得られるのかもしれない。

景子は徹也の反応を見ながら、責めるように舐めていた。舌の動きは多彩で、乳頭はつついたり小刻みに弾いたりするが、乳輪をゆっくりと這い回ることもあった。

女性に奉仕されるのも悪くないかもしれないが、徹也は景子の責めに身を委ねるのが好きだった。

「くうっ、景子さん、そんなにいじめないでください……」

「可愛いわね」

景子も徹也の体を責め立て、玩弄することに興奮を覚えているようだった。乳首に唇を密着させ、強く吸いはじめた。吸引の刺激に翻弄され、徹也は梯子に寄りかかったまま体をよじらせた。

片方の乳首を責めまくったあと、景子はもう片方へと舌を移動させた。今度は舌を大きく動かして、男の乳首を舐めはたく。

「ううう……」

徹也はうめき声をあげっぱなしだった。景子は乳首に続いて、へそを舐め回した。へそは乳首ほど気持ちよくはないが、舌がペニスに近づいたことで、新たな興奮が湧き上がった。

反り返ったものの反応を確かめながら、景子はへそに唾液をたっぷりとまぶした。それから、亀頭を迂回して、ゆっくりとサオの脇を這いおりていく。

徹也はフェラチオの期待で頭の中がいっぱいなのに、焦らされているようで、おかしくなりそうだった。

「これ、天狗の鼻みたいだわ」

景子の舌がペニスの根元に到達し、舌で陰毛を撫でつけた。ようやく、横からサオの付け根の周囲に舌を這わせる。

だが、そんな刺激はもどかしいだけで、思わず腰をもぞもぞさせてしまった。ペニスそのものを舐めてほしくて仕方がないのに、なかなかやってもらえず、徹也はどうにかなってしまいそうだ。

「どうしてほしいの？」

「先っぽをくわえてください」

「イヤよ」

景子は先走り液が漏れ出した亀頭を眺め、妖しい笑みを浮かべている。本気で拒絶するのではなく、そうやって焦らしているに違いない。

「後ろ向きになりなさい」

何をするつもりなのかわからないが、言われたとおりにするしかなかった。体を回転させ、梯子につかまりながら背を向ける。

「可愛いお尻をしてるわね」

景子がただ尻を眺めるだけで終わらせるはずがない。愛でるような声を聞くと、エッチな期待が膨らんだ。

その一方で、早くペニスをしゃぶってほしいという気持ちも、下半身で渦巻いている。

「もっと下の段につかまって、お尻を突き出しなさい」

「こうですか……」

胸のあたりの段をつかんで、景子のほうに尻を突き出した。まるで女性がバックで挿入を求めるような恰好なので恥ずかしい。

景子が後ろで身をかがめる気配がしたと思ったら、何と尻を舐めはじめた。

「はくうっ、景子さん、男の尻を舐めるなんて……」

舌が這い回ると、くすぐったさと気持ちよさが入り混じって、徹也は尻を振りそうになった。

景子は尻の形をなぞるように、太ももまで舌を滑らせていくと、ためらうことなく尻の溝に舌を侵入させた。目指しているのは徹也のアヌスだった。

「ひいっ、ダメです。そこは汚いです……」

「ダメじゃないわ」

腰を振って逃れようとしたが、景子は太ももをしっかりつかみ、尻の溝に顔を押しつけながら、肛門をねぶった。尻穴を舌でつつき、アヌス皺に唾液を塗りつける。

「おうっ、おおっ……」

ぬめりと温もりを帯びた舌がアヌスに密着して、尻穴がとろけそうになった。唾液のぬめりと舌先の感触が、これ以上ないほど卑猥で、なまめかしい刺激が下半身全体に広がっていく。

アヌス舐めというのはいかにも奉仕的な行為だが、徹也はむしろ辱められている気分だ。しかし、異常な興奮をかき立てるのも確かだった。

景子はそれがわかっているようで、うれしそうに尻穴を弄んでいる。唾液まみれにするだけでなく、そこに舌を差し込もうとする。尖らせた舌でアヌスが押し広げられ、徹也は慌てふためいた。

「うくうっ、それじゃあ、お尻の穴が広がっちゃいます……」

「もっと広げてあげるわ」

尻の溝の両側に指をかけ、アヌスを左右に拡張しながら、景子は尻穴に舌を潜り込ませた。肛門内部に唾液が流れ込んでくる。

「ひいいっ！」

ほとんど悲鳴に近いような徹也の喘ぎ声が、静まり返った図書館に響き渡った。肛門に舌を差し込まれると、まるで下半身を内側から舐め回されているような感覚だった。

ところが、景子の責めはその程度ではすまなかった。

「ああぁっ、そんなことしたら、おかしくなっちゃいます……」

アヌス舐めと同時に、股の間から手を入れて、亀頭を握り込んだのだ。先走り液が漏れ出ていて、握られたとたん、ぬめりが強烈な快感をもたらした。やんわり揉まれるだけで、うめき声が出そうになった。

しかも、アヌスと同時に責め立てられては、ひとたまりもない。二つのポイントから襲いかかる快感に打ちのめされて、腰がとろけそうになり、暴発の危機が一気に高まった。

徹也は梯子にしがみついて体を支え、何とかザーメンの発射を我慢した。肛門を引き締めたので、景子の舌は押し出せたが、アヌス皺を舐められては抑えが利かない。するど、反り返ったペニスが脈打つ寸前、景子の手が揉むのをやめて、亀頭を強く握り締めた。快感の上昇が止まり、射精の予感がゆっくりと後退していく。

しばらくそのままでいると、ようやく危機が去って、徹也はひと息ついた。握り締めていた手が緩められ、小さく脈打ったペニスの先端から、多量の先走り液が漏れ出した。

景子が射精をコントロールしてくれてよかった。あのまま発射していたら、書棚の本まで精液が飛んでいたかもしれない。徹也は安心したのと、途中で快楽を抑え込まれたのとで、ちょっと頭がぼうっとしてしまった。

「さあ、選手交代よ」

景子の言葉で我に返り、場所を入れ替わった。景子が立ち上がって梯子に寄りかかり、徹也はスカートをはぎ取って、パンストとショーツを脱がせた。今度は彼女を気持ちよくさせる番だった。

景子の前にひざまずくと、つつましい恥丘のヘアが目の前でアップになった。太ももに舌を這わせ、その合わせ目に向かってそろり、そろりと進む。すると、彼女もゆっくり足を広げた。

秘裂から甘酸っぱい匂いが漂い、鼻をくすぐった。淫臭を胸いっぱい吸い込むと、景子の太ももがかすかに震えた。

「勝手に嗅がないで」

「エッチな匂いがしてます。ああ、いい匂い……」

構わず、恥丘のアンダーヘアに鼻の頭を押しつけ、景子の生の匂いを堪能しながら、そのままワレメに舌をめり込ませる。思ったとおり、秘裂の内側はたっぷりと濡れていた。スリットを開くと、たちまちのうちに愛液が溢れ出してきた。

「うふううっ……」

ワレメの内側を丹念に舐めこすっているうちに、景子の口から喘ぎ声が漏れるようになった。

濡れそぼった部分に早くペニスを挿入したかったが、その一方で、景子をもっと気持ちよくさせることに執着する徹也がいた。セックスを覚えたての彼にとって、経験豊富な年上女性を感じさせることは、一人前の男としての戦果のように思えるのだ。

半分ほど顔を覗かせたクリトリスにも唾液を塗りたくり、包皮ごとこね回すと、景子の腰が悩ましげに揺れた。

徹也は丁寧な刺激を心がけ、舌先で包皮をめくるように弾いたり、口をすぼめて吸いついたりした。

軽く吸いながら、舌の先をこすりつけると、急に景子の腰が震えだした。梯子が小刻みに揺れるほどで、それは書棚にも伝わり、並んだ本も振動の影響を受けている。

「あふああっ……上手になったわね」

景子が気持ちよさそうに言って、徹也の頭を撫で回した。褒められて気持ちがさらに奮い立ち、クリトリスを丹念に責めなぶった。

頭を撫でていた景子が、不意に指を立てて髪をつかんだ。かなり快感が高まっていると見た徹也は、続いて秘穴の入り口をとらえ、尖らせた舌先を出し入れさせた。さっきアヌスにやられたことを、ヴァギナにしてやるのだ。

ヴァギナには愛液が大量にたまっており、舌でかき出され、太ももまで滴っていく。甘酸っぱいラブジュースを啜り、奥まで舌を入れようとすると、秘穴の入り口がやんわりと締めつけてきた。

「はうふっ、くううっ……」

やがて、内部は洪水状態になって、さらに舌を動かすと、グチュグチュという粘り気のあるはしたない音が聞こえてきた。そろそろ準備ＯＫだと思い、徹也は立ち上がった。

「入れてもいいですか」

「いいわ」

景子は勃起したものをつかみ、秘裂に導いた。張り詰めた亀頭が、秘粘膜と密着する。徹也は勢いよく腰を突き出し、いきり立ったもので成熟した女司書のヴァギナを貫いた。

「くはああっ！」

立ったまま向き合う形で交わっているので、挿入はそれほど深くないが、精神的な一体感は、むしろ強く感じる。こんな場所で交わっているということが、興奮をいっそうあおっていた。

明日になったら、書棚の間を通るだけで、今夜のことを思い出し、股間が熱くなってしまうに違いない。

「公共の場でこんなことして、いいんでしょうか……」

「いいわけないじゃない……ああっ……」

ここが図書館であるということは、景子も強く意識している。神聖な職場を汚す背徳感が、異常な興奮につながっていて、徹也とは比べものにならないほど激しいかもしれない。

その証拠に、徹也のものをくわえ込んだヴァギナは、淫らな反応が顕著になっている。

「景子さんのアソコ、うねうねしてます……」

秘穴の内部は、愛液の絡みついた無数の肉ヒダが、妖しく蠢いている。ときどき、ぎゅっと引き締まり、まるで結合が解けるのを防ぐように、奥へ引っ張り込もうとする。

「あはあっ、我慢できないわ……」

景子がダンスをするように腰を振りはじめた。横に揺らしたり、回転させたりして、そのたびにあらゆる角度から徹也のものが摩擦される。

それは見た目にも、何とも卑猥だった。クールな美人で通っている景子が、ストリップショーのダンサーのように、なまめかしく腰を振っているのだ。

彼女のこんな姿をほかのボランティアの生徒が目にしたら、腰を抜かすに違いない。童貞の男子なら、見ただけで射精してしまうのではないか。

自分もつい最近まで未経験だったことは棚に上げ、そんなことを考えて悦に入った。

淫らなダンスと連動するように、膣穴の内部にも新たな刺激がわき起こった。ペニスを締めつける力が強まったのだ。といっても、ただ締まるだけでなく、肉ヒダが震えたり、波打ったりもして、多彩な刺激で徹也のものを包み込んでくれる。

「ひはああっ、ずっとこうしていたい……気持ちよくて、たまらないわ」

「ぼ、僕もです……おおっ……」

梯子に寄りかかったまま、景子は片足を上げ、徹也の腰に巻きつけた。お互いの密着感は高まり、ペニスがヴァギナの奥まで突き刺さる。

景子は片足だけで立って、やや不安定ではあるが、徹也の首に腕を回しているため、倒れる心配はなかった。

片足を上げてもなお、彼女は腰を動かしていた。大きく腰をくねらせると、秘穴の奥の肉ヒダが、亀頭を心地よく揉み回してくれる。

「あはんっ、あはんっ……」

景子をもっと喘がせたいと思い、徹也も頑張って腰を動かしてみた。立ったまま向かい合っているので、協力して淫らなダンスを踊るような形だ。

すると、ヌルヌルした摩擦感が強まって、快感がさらにアップした。

特に、景子とは逆に腰を回転させると、ペニスのよじれが激しくなり、ヴァギナを強引に拡張するようで、どうにかなりそうなほど気持ちよかった。景子は書棚が揺れるほど腰を振り乱している。

「あふうんっ！」

突然、景子の腰ががくっと揺れて、回転が止まった。腰を回す余裕がなくなるほど快感が高まったようだった。アクメが近づいていると徹也は思い、腰をぶつけるような感じでピストン運動を開始した。

「あうんっ、もっと……」

成熟した膣穴に硬直したものを、力いっぱいたたき込む。結合部ではいやらしい粘着音が高まり、振動で書棚から本が落ちそうな勢いだった。

「ひくうぅっ、ああううっ！」

景子は声をあげて悶えまくり、徹也も激しい快感に翻弄されて、すぐに切羽詰まってしまう。

「あはああんっ、イク！」

色っぽい喘ぎが図書館の静寂を破り、景子は震える尻を梯子にぶつけながら昇り詰めた。その拍子に結合が外れ、徹也は景子の腹や太ももにザーメンを迸らせた。白濁液が恥丘のヘアに絡みつき、女司書の太ももを流れ落ちていく。

いつものように精液の量は多かったが、景子のボディに撒き散らしたので、書棚に並んだ本は汚さずに済んだ。

射精が終わって結合を解くと、景子はひざまずき、ザーメンまみれのペニスを舐め清めてくれた。

第六章　泡まみれの快感バスルーム

1

　次の日曜日、麻美から連絡があり、徹也は商店街の中ほどにある喫茶店に呼び出された。

　何の用件かは言わなかったが、わざわざ休日に呼び出すくらいだから、学校とは関係のないことだろう。そうだとすれば、やはり景子とのことを尋ねられる可能性が高そうだ。

　図書館へ様子を見にきたときは、徹也のうそで、景子は帰ったものと思ってあっさり引き下がったが、本当はいっしょにいるところを観察するつもりだったのかもしれない。

あの日は当てが外れたので、こうしてあらためて呼び出して、いろいろ訊こうというのだろう。

店に入ると、麻美は先に来ており、窓側のテーブルで徹也を待っていた。

「お待たせしました」

「せっかくのお休みに悪いわね。何でも好きなものをどうぞ」

メニューを渡され、ミックスジュースを頼むと、先日は何時まで図書館にいたのかとか、レポートはまとまりそうかといったことを訊かれた。だが、それは今日の用件とは関係なく、麻美はウェイトレスがジュースを持ってきてから、本題を切り出した。

「怒らないから、正直に話してほしいんだけど、最初に私が図書館へ行ったとき、書棚のところで、村山君は誰といっしょにいたの？　あれは景子だったんでしょ」

案の定、訊かれたのは景子のことだったが、まだキスの件にこだわっているのは意外だった。

「あれは中西さんじゃありません。この前も言ったとおり、利用者の女性です」

「それ、本当なの？」

こうなったら、景子との関係で探りを入れられないようにするため、理菜のことを詳しく打ち明けようと思った。

「小倉さんという名前で、先生より年上の人です」

「じゃあ、その利用者の人とキスを……」

麻美は周りを気にして、声を落とした。

「ええ。以前から利用案内とかで何回か話をしていて、顔と名前は覚えてたんですけど、あのときは小倉さんに誘われて、つい……」

徹也はミックスジュースを一口飲んで、さらに続ける。

「中西さんがそれに気づいて、あとで直接、小倉さんと話をしたみたいです。それからあの人は図書館に来なくなったので、たぶん厳重に注意したんじゃないかと思います」

小倉理菜には執着の欠片もないような言い方だったが、今の彼の心情をよく表している。それほど景子の存在は大きいものになっていた。

「その小倉さんとは、それ以上何もなかったの?」

「はい」

麻美は窓の外に目をやり、考え込んでいる。

徹也はこれで追及をかわすことができそうな気がしてきた。すべて本当のことを語ったわけではないが、真実もかなり混ざっている。

しばらくして、麻美はゆっくり口を開いた。

「つまり、景子との間には、何もないということね。どうやら、私の思い違いだったみたいね」

ようやく納得してくれたようだ。いずれにしても、景子との関係は、絶対、秘密にしておかなければならないので、徹也はほっとした。

「でも、それだったら、どうして景子は正直に話してくれなかったのかしら。やっぱり、大学時代のことを根に持っているのね……」

あとのほうは独り言のようなものだったが、徹也はそれを聞き逃さず、さりげなく質問した。

「大学時代のことって、もしかして中西さんと三角関係になったとか?」

「えっ?」

麻美が恋人を奪ったという、景子から聞いた話には興味があったので、純粋な好奇心から尋ねてみたのだが、徹也がどうしてそのことを知っているのか、驚いたようだった。

「向井先生の名前は出しませんでしたけど、前に中西さんが、友だちに恋人を奪われたことがあるって言ってたので、根に持ってるっていうのは、もしかしてそのことじゃないかと……」

麻美は腑に落ちた顔をして、ふうっとため息をついた。

「本当は違うんだけど、見方によっては、私が景子の恋人を奪ったことになるのかもしれないわね」

目の前にいる徹也に話すというより、麻美は遠くを見るような目をして、過去を思い出していた。

「景子と付き合っていたにもかかわらず、吉崎《よしざき》は私に言い寄ってきたのよ。すきを見せてしまった私も悪いんだけど……」

麻美はテーブルに目を伏せて、唇を噛んだ。故意に景子から恋人を奪ったというわけではないのかもしれない。

「もしかして、その男の人に問題があったんですか」

「そうよ。ろくでもない男だったわ」

麻美は吉崎という男のことを、詳しく話してくれた。景子と付き合っていながら、うまくいってないような口ぶりで言い寄ってきて、彼女はそれを真に受けてしまったらしい。

吉崎に二股をかけられ、景子は怒って別れたそうだが、麻美がそれを知ったのはあとになってからで、口説かれた時点では、景子とは実質的に終わっているものと勘違いしてしまったようだ。

「それもあって迷っているうちに、あの男のアタックにどんどん熱が入って、結局、私がはっきりした態度を取れなかったからそうなったわけで、押しきられることになったのも私が悪いのよ」

俯き加減で話す麻美は、心から悔やんでいるようだった。生徒の悩み事や相談に親身になってくれる優しい教師だが、押しに弱い一面があるのかもしれない。生徒指導室での出来事を考えても、そんな気がしてならない。

だから、吉崎という男に迫られて、拒否できず、結果として親友であった景子を裏切るようなことになってしまったのだろう。

「実を言うとね……」

不意に麻美が顔を上げ、真っすぐに徹也の目を見つめた。

「村山君の顔立ちが、吉崎にちょっと似てるのよ。だから、景子のことを変に疑っちゃって……」

まじまじと顔を見ながら言うので、徹也はびっくりした。景子が自分に興味を持ってくれたのは、その吉崎という大学時代の恋人に容貌が似ているからなのだろうか、と思った。

麻美にしても、もともと面倒見がいい先生ではあるが、徹也がその男と似ているからいろいろ気にかけてくれている、という可能性はありそうだ。

「まあ、似ているのは外見だけで、村山君はまじめでしっかりしているし、吉崎とはまったく違うわ」

それから麻美は、景子が吉崎とつき合いはじめる前の二人のことも話してくれた。

「あの頃は楽しかったわ。いつも景子といっしょにいろいろなことをして……」

今まで麻美のことは、担任の国語教師としか見ていなかったが、大学時代のことを話す彼女は、ちょっと雰囲気が違っていて、何だか妙な感じがした。

大学時代の景子と麻美がどんなだったか、徹也は想像を膨らませた。教職や図書館司書の勉強に励みつつ、異性のことで喜んだり悩んだり、ほかにもいろいろあったに違いない。

すると、目の前にいる麻美が、教師というより、一人の年上の女性に見えてきて、ほのかな色気さえ感じてしまう。教え子ではなく年下の男として彼女を見ると、性的な魅力を持った二十五歳なのだ。

おのずと生徒指導室での出来事が思い出され、股間が熱く疼いてしまった。ほおずりした巨乳や舌で触れた秘貝のことが頭に浮かび、みるみる硬く芯が通ってくる。あとになって口では否定したが、あのとき、麻美は確かに感じており、淫らな反応を示していた。紛れもない事実が、股間の変化に拍車をかけ、徹也はテーブルの下でテント状態になった分身を持て余していた。

2

喫茶店にいる間に雨が降ってきたが、傘を持ってこなかったので、徹也は店から駅まで走って帰るつもりでいた。すると、麻美に引きとめられた。

「私の家が近くだから、雨宿りしていきなさいよ」

降りはじめよりやや強くなってきたので、心配してそう言ったようだが、彼女も傘を持たずに出てきたので、二人して雨の中を早足で歩いた。ほんの二、三分の距離だったが、途中で急に激しい降りに変わり、着いたときには麻美も徹也もずぶ濡れになってしまった。

まるで服を着たままシャワーを浴びたみたいに、シャツが肌にぴったり張りついている。麻美の白いブラウスは見事に透けて、ピンクのブラジャーが丸見えだ。ダークグレーの縁飾りも、くっきり浮き出ている。

彼女はブラウスをつまんで肌から浮かせようとしたが、すぐに無駄な努力とわかり、そのままにするしかなかった。徹也は横目でちらちら見て、ひそかに興奮してしまった。

「村山君が先に上がって。私の部屋は三階だから」

小規模な賃貸マンションで、彼女は一人暮らしをしているようだった。徹也の目を気にして先に階段を上らせたが、踊り場でまたチラ見すると、上から覗き込むかたちになって、濡れたブラウスの谷間にそそられた。

「ここよ。遠慮しないで、入ってちょうだい」

二DKの麻美の部屋はやや雑然としている印象だが、物が散らかったりしているわけではなく、生活感が自然に滲み出ている感じだった。

「これで拭いて」

渡されたタオルで濡れた髪を拭く。麻美もタオルを使いながら、奥の部屋から徹也のために、Tシャツとスウェット素材のズボンを持ってきた。

「濡れた服を脱いで、着替えなさい。ちょっと小さいけど、我慢してね」

「すみません、どうも……」

「でも、その前に、シャワーを浴びたほうがいいかもしれないわね」

「僕はあとで大丈夫です。先に使ってください」

「そうなの？　じゃあ、先に浴びさせてもらうわ」

麻美はそのままバスルームに向かった。徹也の視線を気にして、胸のあたりをタオルで隠しているが、スカートもびっしょり濡れて、布地がヒップに張りついている。下着が透けているわけではないが、なまめかしいヒップの曲線を浮かび上がらせていた。

麻美が脱衣室に入ってドアが閉まると、服を脱いでいるところを想像してしまった。くっきり透けて見えたブラジャーが頭に浮かんだが、それはすぐに生徒指導室で見たり舐めたりした生の乳房に変わり、柔らかな感触を思い出して股間が硬くなった。

なまなましい記憶が、さらに性欲をかき立てた。生徒指導室ではなく、今日は麻美の部屋に来ている。自分も服を脱いでバスルームに入れば、二人とも裸だからもっと過激なことができるはずだ。そう思うと、だんだん抑えが利かなくなってくる。

生徒指導室で麻美が感じていたのは事実であり、彼女も心の中ではそれを認めているに違いない。二度としないと約束はしたが、気持ちよくさせてしまえば、そんなことはどうでもよくなるのではないか。

麻美のエロチックな反応が、頭の中にさまざまな形でよみがえり、徹也はとうとう我慢できなくなってしまった。

わずかに残っていたためらいと後ろめたさを振りきって、シャツとズボンを脱いだ。さらにブリーフまで取り去って全裸になると、気持ちに弾みがついて、脱衣室に飛び込んだ。

麻美はちょうどブラジャーのホックを外したところだった。ショーツは先に脱いでおり、恥丘に生えたわずかな陰毛が見えている。

「きゃあっ、どうしたの？」

麻美は驚きの声をあげたが、校内と違って何の心配もいらない。

「いっしょにシャワーを浴びましょう」

「ダメよ、出ていって」

恥ずかしがって背を向けるが、構わず手を伸ばし、ブラジャーを取り去った。Gカップのバストが大きく揺れながら姿を現した。

「イヤ……」

麻美は手でバストと下腹部を必死に隠そうとしていたが、背を向けながらも、徹也の股間をちらちら見ている。ペニスは半勃起状態で、麻美の生尻に向かって突き出ていた。

「さあ、早くしないと、風邪を引いちゃいます」

股間のものを見せつけるように、麻美をバスルームに追い立てる。拒もうとして彼女が踏ん張ったので、半勃起の亀頭が尻肉に当たってこすれ、瞬間的に快感がアップした。

「近寄らないで……」

彼女の言葉は無視してさらに追い立て、本能的に股間を生尻に押しつけてしまった。歩きながらそうすると、ペニスがグニュッと揉まれて気持ちいい。

麻美をバスルームの壁に追い詰めたときには、完全に天井を向いてそそり立っていた。彼女は顔を後ろに向け、まだちらちら見ている。裸を見られる恥ずかしさより、勃起した教え子のペニスに気持ちが向いてしまうようだ。

「先生は僕のオチ×チンに興味があるんですか」

「興味なんてないわ……」

そう言いながらも、勃起したペニスから目が離せない。

徹也はシャワーのノズルを手に取り、栓をひねった。ノズルから湯が噴き出し、麻美の体に当たる。

「手をどかしてください」

バストにシャワーをかけようとしたが、頑なに手で隠している。仕方がないので、無防備になっている丸尻に湯をかけると、ヒクッと震えた。

面白そうなので、尻の肉をつかんで広げ、アヌスめがけてシャワーの湯を当てた。すると、麻美はバストを隠していた手を離し、慌てて尻の溝を押さえた。

ようやく乳房があらわになると、徹也はすかさずシャワーを浴びせた。

「あっ……」

勢いの強い湯で乳首を直撃され、麻美は悩ましげな声をあげた。

ノズルを近づけたり離したりして刺激すると、尻から手を離してバストを隠した。すぐさま尻肉をつかんで、再びアヌスをシャワーで責める。

すると今度は、前を隠していた手を尻に持ってきたので、それならばと秘裂に標的変更だ。ノズルを上向きにして、壁と太ももの間に差し込み、クリトリスを狙った。

「ああ、ダメよ、そんな……」

麻美は身をよじらせて喘ぎ声をあげた。すぐに前を隠すが、またも乳房が無防備になり、徹也は新たなターゲットに移る。

そうやって乳房とアヌスと秘裂とを交互に責めるうちに、麻美はとうとう観念して、両手で下半身の前と後ろを防御するだけになった。乳房はどうにでもして、といった状態だ。

徹也はにんまりとして、乳房を思う存分に責めた。シャワーが当たると乳房は揺れ、乳首も打ち震える。湯は深い胸の谷間を流れ、恥丘の陰毛に降りそそいだ。

「オッパイが震えています」

「は、恥ずかしいこと言わないで、あふぅ……」

麻美は色白であり、濡れた肌が何とも色っぽかった。肌が湯を弾いて、熟女妻の理菜とは違った色気を漂わせている。

担任教師の麻美がこれほど色っぽいボディの持ち主だということに、徹也はあらためて興奮を覚えた。

「ちょっと乳首が飛び出してきました」

「あうっ、そんなのうそよ……」

尖ってきた乳首をつまむと、コリッと硬くなっていて、麻美は恥ずかしそうに身をくねらせた。

「先っちょが敏感なんですね」

「くううっ、いじったりするからでしょ……」

むき出しの乳首に湯が当たるだけでも、十分感じているようだったが、指でいじると反応は顕著になった。悩ましげに身をよじって悶えるのだ。

裸でバスルームに教え子と二人、しかもシャワーで乳首を悪戯されている。かなりの恥ずかしさと後ろめたさを感じているはずで、それも興奮をかき立てているに違いない。

湯の勢いを少し強くして、左右の乳首をそれぞれシャワーと指とで刺激した。指で転がしたり弾いたりしながら、シャワーは当てる位置をいろいろ変えてみる。すると、どちらも乳首の震えが激しくなり、柔らかな乳房が波打つような動きを示した。

「くふううっ……ああっ……」

身をかがめたり、のけ反らせたり、麻美は反応がせわしなく、快感が高まっているのは明らかだ。

そのすきを見て、徹也は下腹部を隠していた手をどかした。バストから甘い痺れが広範囲に広がっているのか、麻美はあまり抵抗しなかった。

「そっちはやめて……」

「でも、ここもよく洗わないと」

乳房から下半身へ狙いを変えて、わずかなアンダーヘアが張りついた恥丘にシャワーを当てる。

徹也はその場にしゃがみ込み、さらけ出された女教師の秘裂をじっくり観察した。バスルームは明るいので、細部まで確認することができる。

「ひいっ、そこはダメ……」

秘貝に勢いの強い湯を浴びせると、ワレメの縁がめくれてしまった。はみ出した小陰唇も震えている。

「うくうっ……」

隠そうと思えば隠せるはずなのに、ダメと言いながら、麻美はされるままになっていた。そういえば乳首にシャワーを浴びせたときも、手で隠せば防げるはずなのにそうしなかった。すでに快感に翻弄されて、抵抗する気力をなくしているのかもしれない。

ワレメの上部に湯を当てて、クリトリスを集中的に責めると、麻美は腰をもぞもぞさせた。腰のくねりは上半身に伝わり、巨乳が悩ましく揺れて湯を滴らせた。

「先生の体をもっときれいにしてあげます」

徹也はシャワーを止めて立ち上がり、ノズルを元に戻した。もう麻美の手を押さえつけなくても、乳房も下腹部もあらわにしたままだ。

ボディソープを手のひらに出し、泡立ててから乳房に塗りつけた。

「はふっ……」

柔らかなバストを揉みほぐし、泡まみれにする。乳房は手から飛び出すように大きく揺れた。柔らかな感触が指先に伝わると同時に、ボディソープのぬめりが妖しい気分をかき立てた。

泡が塗りたくられた乳房は、見た目もいやらしかった。白い泡の中から色づいた乳首が顔を覗かせている。

「はああっ、痺れちゃう……」

ぬめる指先で乳首をこすり回すと、麻美は恥ずかしそうに身をよじらせ、乳房を揺らして悶えた。

Gカップの悩ましげな弾力は、母性的な柔らかさも感じさせる。徹也はつい甘えたくなって、麻美に抱きついた。

甘えるなどというのは、景子に対しては絶対できないことで、新鮮な悦びを感じて高ぶってしまう。景子に責められ、可愛がられるのとは違う気持ちよさがあった。

ヌルヌルした肌をすり寄せ、こすり合わせると、溶けるような一体感を覚え、麻美の体と同化していく感じさえするのだ。

徹也は本能的に、勃起したものを麻美の腹部や太ももに押しつけた。張り詰めた亀頭が女教師の下腹部にこすれ、恥丘のアンダーヘアと接触する。

「あはあっ、いじめないで……」

ヌルッと滑る乳房を、指を食い込ませるようにして揉みほぐした。敏感な乳首をつまんで転がすと、麻美は体の力が抜けたようにしなだれかかってきた。

麻美の肌は滑らかで、そこにボディソープのぬめりが加わり、お互いの体がなまめかしく摩擦されている。

「ふううっ……」

麻美の声は甘ったるい響きを帯びてきた。授業では絶対に聞くことができない声で、彼女がまじめな教師である前に、生身の女性であることを強く意識させた。

達也は彼女の下腹部に手を伸ばし、恥丘の陰毛を泡まみれにした。さらに大陰唇の感触を指先で楽しみ、その真ん中に刻まれた縦筋を指でなぞる。

それほど力を加えるまでもなく、指はワレメにめり込んだ。女教師の秘裂は妖しい柔らかさがあり、粘膜のぬめりが指先をぴったり包み込んでいる。

「はくうっ……」

秘粘膜を摩擦するように指を動かすと、麻美の腰がふらついて、立っているのが不安定になった。秘肉も小刻みに打ち震えている。

快感をあらわにしないよう、我慢している麻美の表情は、逆に淫らな雰囲気を滲ませ、エロチックな興奮をかき立てる。

「先生って、こんなにエッチだったんですね。知らなかったな」

「くふうっ、村山君のせいよ……」

ワレメの内側を探り、秘穴の入り口を発見した。そこに指を潜り込ませてゆっくりとかき回す。

「あふうっ、くふううっ……」

教え子の指でヴァギナを刺激されて、麻美は足に力が入らない。立っているのもやっとの状態で、徹也にしがみつくしかなかった。

徹也の指に、ボディソープのぬめりはもうあまり残っていなかったが、秘穴の内部は熱く火照り、淫らなとろみでいっそうヌルヌルになっていた。

「中がたっぷり濡れてきましたね」

「ううっ、知らないわ……」

「生徒指導室のときより濡れているみたいですよ」

「ひはあっ、そんなこと言わないで……」

意地悪をするつもりはなかったが、徹也の言葉を聞くと、麻美の腰はさらに乱れ、秘穴が指を締めつけながら蠢き、愛液が染み出してきた。

徹也は自分がまるで景子のようだと思った。いやらしいことを言いながら責めているときの彼女は、こんな気分なのかもしれない。相手の反応があらわになるほど、自分も興奮してくるのだ。

そのとき、徹也の腰に甘美な衝撃が走った。麻美が自ら手を伸ばして、ペニスを握り締めたのだ。

それは無意識の行為だったのか、あるいは硬くそそり立ったペニスを目にしたり、太ももをこすられるうちに、我慢できなくなってしまったのだろうか。

どちらにせよ、麻美はとうとう徹也の愛撫に身を委ねる気になったようだ。もしかするとそれは、彼が吉崎という男に似ているからかもしれない。外見が似ているだけで、中身は全然違うと言っていたが、かつて味わった快楽を体が求めている、という可能性はあるだろう。

「怖くなるくらいコチコチね。先生にこんな大胆なことをするなんて、村山君はもう童貞ではないのね」

「はい……」

麻美は教師の顔に戻ろうとしたのか、表情を引き締めたようだが、濡れた瞳は淫らなままだった。

「相手はうちの学校の生徒ではないんでしょ。さっき話していた、図書館の利用者の女性かしら？」

「そうです」

もはや隠す意味はないので、正直に白状した。

「その人とはまだ続いているの？　本当のことを言いなさい」

理菜の膣穴にペニスを挿入した時の、初めての感覚が懐かしく思い出された。まだそれほど日がたっていないのに、自分がずいぶん成長して、一人前の男になったように感じられる。

「ありません。中西さんが間に入って、一度だけで終わりました」

「もしかして、今度は、景子がその人から横取りしたのかしら」

「違います。中西さんは、そんなことをするような人じゃないと思います」

女の勘は鋭かったが、徹也はしらを切り通した。景子のことは絶対に知られてはならないのだ。

「それなら、いいわ。先生が村山君の体を洗ってあげるわね」

麻美はほっと安心したように微笑んで場所を入れ替わり、徹也が壁に寄りかかる体勢になった。麻美にうまく誘導されたようなかたちだった。

先ほどまでの立場が逆転し、いつの間にか教師と生徒に戻ってしまったように感じるが、それにしては異常でエロチックな状況だった。

3

麻美はボディソープを手のひらで泡立て、徹也の胸に塗りつけた。優しい手つきだが、胸の上を這い回る指を見て、妙に興奮してしまった。

「意外にたくましい体つきをしているのね」

景子ほど責められているという感じはしないが、乳首を指がかすめると、徹也はペニスをそそり立たせながら悶えるしかなかった。

「はあっ、先生……」

「下の方は男らしいけど、反応は可愛いわ」

麻美は妖しい笑みを浮かべて、勃起したものを洗いはじめた。亀頭を泡まみれにし、カリ首の溝にも塗りつける。

その手はもっと下まで伸びて、ぶら下がっている玉袋にタッチした。皺の寄った表面に指先を滑らせ、せっけんの泡をこすりつける。

もう片方の手は反り返ったサオを洗っていたが、手つきはペニスをしごいているのとほとんど変わらない。サオの皮を突っ張らせるように、いやらしく手を上下させている。

「どんどん硬くなってきたわね」

「だって、先生が……」

手しごきは次第に激しくなっていった。とても洗うとはいえないような手つきをしている。

特に、亀頭のエラの部分を摩擦されるのが気持ちよかった。ペニスの先端部分が膨張しすぎて、破裂しそうな風船のようだ。

同時に、玉袋を揉まれ、睾丸を指先で弄ばれると、足の力が抜けて、腰がふらついてしまった。

麻美は先ほどまでとは別人のようで、堂々と教え子のペニスをいじめている。彼女がこんなに大胆に振る舞うのは、何らかの覚悟を決めたからに違いなかった。

麻美の責め方には、景子にはない母性的な優しさが感じられた。強引なところがなく、触り方もソフトだからだが、徹也は確実に快楽の高みへと押し上げられていく。

「こうしたほうがいいかしら」

麻美はひざまずいて、そそり立った徹也のものに体を近づけた。それから、手をバストの側面に添えると、彼の腰に乳房を押しつけるようにして、胸の谷間でペニスを挟み込んだ。

「すごいです……」

生徒指導室で麻美のバストにほおずりしたとき、パイズリされたら、どんなに気持ちいいだろうと想像してしまったが、今、それが現実のものとなり、沸き立つような感動で胸が震えた。

乳房の感触は妖しい心地よさに満ちていた。肌の滑らかさ、マシュマロのような柔らかさと弾力性、悩ましいほどの圧迫感と包み込まれるような安心感が、いっぺんに襲いかかってくる。

勃起したものはGカップの乳房の間にほとんど埋まり、亀頭が少しだけ顔を覗かせていた。ペニスはかなり太くなったが、麻美の巨乳はそれに負けない迫力で包み込んでいる。

乳首が徹也の腰に密着し、同時に、麻美が横から乳房を押さえているため、はしたない形に変形している。

「村山君のがどんなにたくましいか、胸に伝わってくるわ」

麻美は上半身を動かし、バストでペニスをしごきはじめた。柔らかな乳房がさらに歪み、震えるように波打っている。

パイスリの快感は、手しごきとはまったく異なっていた。柔らかな肌の密着感と、なまめかしい摩擦感に、徹也はすっかり翻弄されてしまった。

「気持ちいいです……」

「うふんっ、先生も感じているのよ……」

バストが過激に変形し、乳首にエロチックな刺激が加わるようだった。麻美は熱心にパイズリをしながら、快感で顔を歪めている。

ペニスにもボディソープが塗りつけられていたので、滑って胸の谷間から外れそうになるが、ぬめった巨乳でサンドイッチされ、卑猥に揉み洗いされるのは最高だった。

「オチ×チン、きれいになったわ」

教育熱心な女教師が男性器の名称を口にしたので、ぞくっとするほど興奮を覚えた。ここは学校ではないとはいえ、麻美の口からそんな言葉が出るなんて、誰が想像できただろう。

「回れ右しなさい」

パイズリをやめ、麻美は体を離した。言われたとおり背を向けると、背中にボディソープを垂らし、それを手のひらで広げていった。

「ううっ……」

背中を撫で回されているだけなのに、うめき声が出るほど気持ちよかった。思わず体をくねらせると、勃起したものが壁にぶつかりそうになった。

浴室の壁に手をつき、愛撫に身を委ねた。指先が背筋を滑り、ぞくぞくするほど気持ちよさがこみ上げてくる。

麻美の手が尻に伸びると、さらなる快感が下半身に広がった。

「敏感なお尻ね」

ほっそりとした指が尻を這い回り、油断しているすきに、尻の溝に滑り込んだ。指はためらうことなく尻穴に近づき、とうとうアヌスをとらえた。

「そこは……」

麻美は構わず肛門にタッチした。ソフトな触り方だが、アヌス皺をくすぐられたり、尻穴をつつき回されたりして、景子のアヌス舐めとはまた違った快感が襲いかかってくる。

「お尻の穴がヒクヒクしているわよ」

「くううっ……」

ペニスは触られていないのに、亀頭もサオも異常なほど硬くなっていた。もし少しでもペニスを刺激されれば、即座に射精してしまうだろう。

だが、麻美は勃起したものにタッチしようとはせず、アヌスだけをいじくり回している。

「あくうっ、指が……」

麻美は軽く指を尻穴に埋め込んだ。第一関節が入った程度だが、肛門が押し広げられ、刺激がペニスにもしっかりと伝わっている。

そのままグニュッとかき回されると、壁に手をついたまま、身をよじらせて悶えるしかなかった。

女教師によるアヌス責めは、景子のアヌス舐めに負けないくらい衝撃的だった。

しばらくすると、指は尻穴から離れたが、それで責めが終わったわけではなかった。

「もう一度、背中を洗ってあげるわ」

しかし、手は使わず、徹也の背中に抱きついた。ぴったり密着して、柔らかなバストが彼の体で押しつぶされる。

麻美は上半身をくねらせるようにして、徹也の背中に乳房を滑らせた。バストで体を洗うような感じだった。

「おおっ、先生のオッパイ、気持ちいい……」

パイズリとはまた違った形で、バストのいやらしさを実感できた。はしたなく揺れる乳房の歪み、躍動的な弾力性、乳首のこりこり感、それらが合わさって背中を刺激してくれる。

麻美は背中だけでなく、身をかがめて、徹也の腰や尻までバストでみがき立てた。巨乳のなまめかしさを全身で感じ取れるのが素晴らしかった。

「はふうっ、先生、すごい……Gカップのオッパイ、気持ちいいです」

「なんでそんなことまでわかるのよ。まったく、生意気な生徒ね」

麻美はエロチックに身をくねらせ、甘い声でとがめると、尻の溝に柔らかなバストをめり込ませた。

「ひくうっ、先生……」

アヌスにコリッとしたものが触れて、思わず喘ぎ声を漏らしてしまった。尖りかけた乳首でアヌスを刺激されるなんて、思いもよらない責め方だった。

「ふううっ、男の子の体を洗ってあげるのが、こんなに楽しいことだとは思わなかったわ……」

男子生徒と裸でシャワーを浴びるなどもちろん初めてのはずで、麻美はこの異常な体験により、何かに目覚めてしまったのかもしれない。

再び立ち上がると、シャワーの栓をひねり、ボディソープを洗い流してくれた。背中が終わると、前の方にもシャワーをかける。

「ちょっと体が冷えちゃったわね。シャワーだけじゃなくて、お風呂に入りましょう」

麻美がバスタブのふたを開けると、すでに湯が張ってあり、白い湯気が立ちのぼった。ガスの給湯器のスイッチを入れたとき、同時に風呂を沸かしていたようだ。たぶん、雨が上がって徹也が帰ったあとで、ゆっくり風呂に入るつもりだったのだろう。

徹也は言われるままに、湯船につかった。すると、彼女も続いて入ってきた。

「今、私はあなたの先生じゃなくて、一人の女だから、そのつもりでいてね」

浴室は一人暮らしにしては十分な広さがあり、バスタブも狭くはなかった。徹也は湯の中であぐらをかいて座ったが、麻美は向かい合う形でひざの上にまたがってきた。

「先生……」

麻美はペニスをつかんで、秘裂にあてがった。

「いいんですか……」

徹也が驚きの声をあげる間もなく、そのまま合体してしまった。

「いいのよ、これで……ああんっ！」

部屋に入れてもらったことで、ある程度、期待はしていたが、こんなかたちで本当に先生とセックスできるとは思わなかった。

徹也のものはヴァギナの奥まで侵入していった。なかなかの締まり具合だが、柔らかく包み込む秘肉の感覚に、麻美らしい優しさを感じた。

それでも、肉ヒダの震えるような蠢きが、ペニスを妖しく刺激する。ただ結合しているだけで、勃起したものが秘穴を深くえぐっている。

「あはああっ、想像していた以上にたくましいわ……」

二人で入ると、バスタブの湯はちょうど乳首が隠れるくらいになった。Gカップの乳房が湯に浮かんでいるような状態で、ゆらゆら揺れる光景は実になまめかしかった。

「はうんっ、腰が勝手に……」

麻美は徹也にしがみつきながら、腰を振りはじめた。湯が波打ち、少しバスタブからこぼれてしまった。

バストの揺れ方も、湯の中では少し異なっていた。ダイナミックに揺れてはいるが、動きがゆったりしている。上下に揺れると、色づいた乳首が湯から飛び出したり隠れたりした。

「あうんっ、あうんっ……」

麻美の喘ぎがバスルームに響き渡った。タイルで音が反響するので、声にエコーがかかって、さらに色っぽくなっている。

「はああっ、はああっ……」

太ももで徹也の腰を挟みつけ、麻美が完全に抱きつくと、大きなバストが密着してきて、グニュッとつぶれた。

「ひはああっ、腰が浮いているような感じだわ……」

湯の中では不思議な浮遊感によって、セックスの気持ちよさも独特なものになっていた。腰の動きはそれほど激しくないのに、ヴァギナにペニスが出たり入ったりするたびに、じわじわと快感が膨らんでくるのだ。

「オマ×コに吸い込まれちゃいます……」

「あはあんっ、ひううぅっ……」

ハードなセックスではなかったが、座位の一体感が深まると、気持ちよさが倍増し、みるみるうちに射精の予感が高まった。

麻美はそれを感じ取ったのか、立ち上がって結合を解いた。湯船の中で体の向きを変え、手とひざをつく。

「今度は、後ろからするんですね」

二人で入ったので湯がこぼれて量が減っていた。腰から尻へ続くセクシーな曲線が、湯から出ていて、アヌスと秘裂はすれすれのところにある。湯の表面がゆらゆら揺れて、スリットも卑猥に揺らいでいた。

徹也はバスタブの中でひざ立ちになり、麻美と腰の高さを合わせた。秘穴にいきり立ったものをあてがい、ゆっくりと押し込んでいく。

「あふううんっ……」

景子ともバックで交わったことがあるが、こういう体勢は初めてだった。ちょっと動物的な感じがして、男の本能をかき立てられる。

徹也はヒップに手を添え、ペニスを出し入れさせた。ピストン運動に合わせて湯が波打ち、結合部分が出たり隠れたりする。

奥まで突入させ、抜ける寸前まで後退すると、結合が解けるのを拒むように、ヴァギナがぎゅっと引き締まった。気持ちよくて腰の動きを激しくすると抜けてしまいそうなので、深く突き入れて、膣穴の奥を小刻みに叩いた。

「ひいいっ、ひはああんっ！」

ヴァギナの締めつけは、強くなったり弱まったりを繰り返すようになった。摩擦感も悩ましげに変化するが、快感は上昇する一方だ。

徹也は湯を波立たせながら、懸命に腰を動かした。腰がヒップにぶつかるたびに、派手な音がバスルームに響く。

「はああっ、はああっ、はあああんっ！」

麻美は甲高い声をあげて悶えた。アクメに近づいているようで、徹也も切羽詰まってきた。

湯の中で揺れまくっているバストに手を伸ばし、揉みほぐして気を紛らわそうとしたが、乳首をつまむと、ヴァギナがさらに妖しく締まり、あっという間に暴発の危機が迫った。

「あふはあんっ、イッちゃう！」

ぎりぎりのところで麻美が前に体をずらし、ペニスが外れたので、彼女のヒップにザーメンが迸り、背中にまで飛んだ。もしかすると、麻美は危険日だったのかもしれない。

ペニスが立て続けに脈打ち、大量の精液を撒き散らした。その一部は丸みを帯びたヒップラインを伝い落ち、湯船に流れ込んで、不思議な形に変化しながら漂っていた。

第七章　司書と教師との強烈3P

1

数日後の放課後、徹也は市立図書館の貸し出しカウンターで、利用者の応対を担当していた。ボランティア活動中にもかかわらず、ときどき、夜の館内で景子とセックスをしたことや、麻美といっしょに風呂に入ったことを思い出してしまい、手続きを間違えそうになった。

あの日、風呂から出たあと、麻美は「本当に、景子との間には、何もないの？」と、もう一度、念を押した。徹也は「ありません」と首を横に振ったが、彼女がそれを信じたかどうかはわからなかった。

その後、学校で顔を合わせても、麻美は何事もなかったかのように振る舞っている。彼女の素顔を見せて、快楽を共有してくれたにもかかわらず、そういうことはあの一度限りにするつもりでいるのかもしれない。

徹也としては残念でならないが、逆に貴重な経験として深く心に刻まれることになりそうだった。

「今夜はうちに来なさいよ。ここからお家に電話すればいいわ」

利用者の列が途切れた時、景子が近づいてきて、耳元でささやいた。初めて彼女の自宅に招待されたので、徹也は舞い上がってしまった。

今日は金曜日で、明日は学校が休みだ。親にはメールで、いっしょに急ぎの宿題を仕上げるため、友だちの家に泊まると、適当な理由をでっち上げた。

その日は閉館後、あまり作業をせず、景子といっしょにさっさと図書館を出た。彼女がどんなところに住んでいるのか、部屋に入れてもらうのが楽しみだった。

確かに、大人の女性が年下の高校生と本気で付き合おうとしているとは思えないし、景子が徹也と関係を結んだのは、恋人だった吉崎に似ているということがきっかけだったのだろう。

それでも、家に招かれたということは、景子との距離がかなり縮まっている証拠だった。

その一方で、麻美と関係を持ってしまったという事実が、徹也の心の大きな部分を占めることになった。女教師とのセックスは、景子の場合とはまた違った興奮をもたらしてくれたが、とにかく今は麻美のことは考えないようにしなければならなかった。

「ここよ」

景子もマンションに住んでおり、図書館から歩いて帰れる距離にあった。麻美のところより規模が大きいマンションで、景子の部屋がある五階まで、エレベーターで上がった。

徹也はリビングに通されたが、きちんと整理されていて、麻美のところに比べると、インテリアなどが洗練されている印象を受けた。ちらっと見えたキッチンも、すっきり整っているようだった。

そうかといって生活感が乏しいわけではなく、景子がここで暮らしているのかと思うと、いろいろなものに触ったり、匂いを嗅いでみたくなる。一晩泊めてもらえるなら、そういうチャンスはいくらでもありそうな気がした。

「景子さんの部屋にいるなんて、夢のようです」

「あら、そんなにうれしいの？」

景子は背後から抱きついて、耳たぶを嚙みながらささやいた。前に回した手で服の上から乳首をいじられ、ペニスがみるみるうちに勃起状態になった。

胸を撫でていた手は、するすると這いおりて、盛り上がった股間をまさぐる。硬くなっているのを確認すると、景子は笑みを漏らすように、ふっと熱い吐息を首筋に吹きかけた。

「うくっ、景子さん……」

それから徹也の前に回ってひざまずき、ズボンのファスナーをおろして、硬くなったものを引っ張り出した。

「相変わらず、元気ね。ふぐぐっ……」

舌を伸ばして、張り詰めた亀頭を舐め回し、唾液をたっぷり塗りつけてから、ためらうことなく先端部分を口に含んだ。巧みに舌を動かして、カリ首に絡めながら、おいしそうにしゃぶりはじめた。

「はぐっ、はぐっ……」

亀頭を舐め回すだけでなく、唇をぎゅっとすぼめ、反り返ったサオをしごき立てたりもする。

図書館でしゃぶられるようなスリルこそないが、逆にリラックスしてフェラチオの快感に身を任せられる。なまめかしい笑みを浮かべ、ペニスに食らいつく景子の表情を、じっくり眺めることもできて、これまでとひと味違うセックスを体験できそうな期待があった。

そのとき、玄関のドアチャイムが鳴ったので、徹也は少しびっくりした。宅配便でも届いたのだろうか。

「こんな時間に誰かしら。徹也、ちょっと見てきて」

景子に言われて、徹也はペニスをしまい、玄関に向かった。股間が膨らんだままだが、宅配便を受け取るくらいなら、何も気にすることはない。

「うわっ……」

ドアスコープで玄関の外をチェックした徹也は、驚きの声をあげた。そこに立っていたのは、麻美だったからだ。

しかし、単に麻美が景子に会いにきたとは思えなかった。今の二人は自宅を訪ねるような仲ではないので、徹也が部屋にいるところを狙ってやってきたに違いない。

ということは、図書館からずっと尾行してきたのだろうか。それとも、景子のマンションの前で張り込み、帰ってくるのを待っていたのか。ドアの外からはこちらの姿が見えないとはいえ、彼は本能的に後ずさった。

すると、後ろから景子の手が伸びて、玄関のドアを解錠してしまった。いつの間にか、彼女は玄関まで来ていたのだ。

「向井先生が訪ねてきました」

「ええ、さっき前の通りで見かけたわ」

景子は訪問者が麻美だと知っても、少しも驚いた様子はなかった。家に帰る途中で麻美の姿を見かけ、ここに来ることも予期していたようだ。

「居留守を使ったほうがいいんじゃないでしょうか」

「どうして？　麻美に会うのがまずいの？」

「僕たちの関係を知られてしまいます」

「そんなの、平気よ」

「ええと、それに……」

「それに、何？」

「何でもないです」

徹也はうっかり麻美との関係を白状しそうになった。景子は変に思ったかもしれないが、それ以上は追及しなかった。

突然の麻美の訪問に徹也は慌てていたが、どうすることもできなかった。彼がどちらともセックスをしているのがバレたら、ややこしいことになる。

だが、景子は気にすることなく、玄関のドアを開けてしまった。麻美に自分たちの関係を見せつけるつもりらしい。

「村山君、やはり景子といっしょだったのね」

「先生、こ、これは……」

麻美と対面した徹也は、動揺を隠すことができず、ここから逃げ出したい気分だった。

徹也がここにいることはわかっていても、二人いっしょに玄関まで出てくるとは思っていなかったらしく、麻美の表情にも驚きの色が浮かんでいた。

だが、すぐにそれは悲しそうな顔に変わった。

「あがりなさいよ」

景子はいつものように平然とした態度を崩さない。

麻美を靴を脱いで上がり、三人はリビングに移動した。

先ほどまで景子にフェラチオされ、エッチな期待を膨らませていた徹也だが、この状況に大きな不安を覚えないわけにはいかなかった。景子と麻美の間で、まさに板挟みの状態なのだ。

「あなたたち、前からそういう関係なのね。村山君がうそをつくなんて、先生は悲しいわ」

セックスしているところを見られたわけではないが、釈明するのは難しかった。

一方、景子は徹也との関係を知られても、まったく気にしていない。麻美の教え子と関係を持ったことが、恋人を奪われた意趣返しになると思っているのだろうか。とにかく、景子がこれほど簡単に麻美を家に入れなければ、状況はもう少し違っていただろうが、今となってはあとの祭りだった。

「村山君、帰りましょう。こんなところにいてはいけないわ」

「ちょっと待ってちょうだい。何か怪しいわね」

景子は腕組みをして、二人をまじまじと見比べた。徹也は背中に冷たいものを感じ、ぞくっと震えが走った。

「麻美が来たことで徹也はひどく動揺しているようだし、麻美の様子もちょっと妙な感じね。二人とも、私に何か隠しているんじゃないかしら」

「い、いいえ……」

景子に疑いの目を向けられ、徹也はますますしどろもどろになってしまった。

「もしかして、二人は男と女の関係なの？」

先ほど徹也が、よけいなことを言いかけたのがまずかったのかもしれない。景子がこういうことに敏感そうなのは、大学時代の経験によるものだろうか。

「どうなっているの、徹也」

「景子さんの言うとおりです」

隠しきれるとは思えないので、麻美との関係を認めるしかなかった。

「教師という立場にありながら、生徒に手を出したのね。あなたって、どういう人なのかしら。呆れてしまって、ものが言えないわ」

景子は冷たい口調で麻美を責めた。

「一度きりとはいえ、確かに教師として許されることではないわね」

「大学時代と同じだわ。あなたは私から徹也を奪おうとしているんでしょ」

「まさか、そんなつもりはないわ。私はただ、徹也君のことが心配で……」

麻美にそのつもりはなくても、結果として大学時代と似たような状況になってしまったようだ。徹也にしても、かつての吉崎と同じように、景子と麻美を二股かけていたことに変わりはなかった。

「よく言うわね。きっと徹也が吉崎に似ているから、また自分のものにしようっていう魂胆でしょ」

麻美は景子から徹也を引き離すためにここに来たはずだが、教え子との関係を非難され、いつの間にか立場が逆転していた。

景子は気持ちを懸命に抑えているようで、大きな怒りに包まれているのは間違いない。大学時代に続いて、関係を持った男性をまたも麻美が奪おうというかたちになっているのだ。

「二人ともこっちに来なさい」

景子は隣の部屋のドアを開け、二人を呼んだ。

「あなたの指図は受けないわ。徹也君を連れて帰って、ボランティアもやめさせます。今後、あなたとはいっさいかかわらないようにさせるつもりよ」

「それはどうかしら。あなたと徹也の関係を学校に告発すれば、あなたはおしまいよ。それでも言うことを聞けないのかしら？」

そのとおりだった。生徒とセックスをしたことが公《おおやけ》になれば、麻美は学校を辞めなければならないだろう。

もちろん、彼女が景子と徹也の関係を暴露し、景子を道連れにすることも可能だが、よりダメージが大きいのは麻美のほうだろう。どちらにせよ、教師を続けるのは難しいに違いない。

結局、景子に従うしかないと判断したようで、麻美は隣の部屋に移動した。徹也も仕方なく続いたが、部屋に入ってびっくりした。隣は寝室だったのだ。

2

部屋の中央にセミダブルのベッドが置かれ、両脇にドレッサーや洋服簞笥などがあった。景子がどうして二人を寝室に移動させたのかわからず、徹也は戸惑ってしまった。

「教師でありながら生徒とセックスするなんて、ずいぶん大胆なのね」

冷ややかな口調で言われ、麻美は何も言い返すことができない。

「二人がどういうふうにしたのか、興味があるわ。徹也、ここでもう一度してみなさい。麻美をどうやって感じさせたのか、見せてくれたら許してあげる」

徹也は耳を疑った。理菜の家で初めてセックスを経験したことを克明に報告させられたのが、景子との関係の始まりだったが、あれはエロチックな行為に導くきっかけにすぎなかった。それが今度は実際に麻美とやって見せろというのだから、驚くしかなかった。

そもそも景子は、徹也を奪おうとしていると言って麻美を責めたのだ。にもかかわらず、目の前で二人にセックスさせるというのは解せない。あるいは、麻美を辱めるのが目的なのだろうか。

「まずは、麻美をベッドに寝かせなさい」

そう言って掛布団を取り去ると、ピンクのシーツが現れた。景子の汗や体臭が染み込んでいるのだと思っても、不可解な気持ちが先に立ってしまって、興奮するような状況になかった。

徹也は迷いながらも、言われたとおりにしないとまずいと思い、麻美をベッドに追い立てた。

「ダメよ……」

ベッドまで後退した麻美は、それ以上は下がれず、尻もちをつくように座り込んでしまった。

「いいから、言うことを聞きなさい。さもないと、校長の自宅に電話して、秘密を一《いっ》切合切《さいがっさい》話すわよ」

「ひどいわ……」

「学校にいられなくなってもいいの？」

脅されて、麻美は拒み続けることができず、ベッドに両足をのせて、横座りになった。

「徹也、服を脱ぎなさい」

すかさず徹也にも命令が飛ぶ。着ているものを脱いでブリーフ一枚になると、それも脱ぐように言われ、仕方なしに全裸になった。

景子と麻美がいっしょにいる前で裸になるのは、一対一のときとは違う、妙な恥ずかしさがあった。だが、二人の視線をペニスに浴びると、撫でられているように感じて硬くなってしまう。

「触られなくても、大きくなるのね」

急角度にそそり立っていくサオを、景子は遠慮することなく見つめているが、麻美もちらちらとベッドの上から視線を向けてきた。

「先生の服も脱がしなさい。二人して裸になるのよ」

ためらいを覚えながらも、徹也はベッドにのり、麻美に迫っていった。

「来ないで……」

麻美は怯えた顔で、大きな枕のところまで後ずさった。

「先生、怖がらないでください。動くと服が破けますよ」

やむをえずブラウスのボタンに手をかけると、麻美は少し抵抗する気配を見せたが、どうにかブラウスとスカートを奪い取ることに成功した。下着姿になった麻美は、大きな枕に寄りかかるようにして、徹也を見つめている。

「じゃあ次は、麻美のアソコがどうなっているか確認してちょうだい」

今の徹也は操り人形のようなもので、命令に従うしかなかった。だが、彼自身、この状況で麻美の秘貝がどうなっているかに興味をそそられていて、仕方なくやらされているように、彼女の膝の間に手を差し込んだ。

「イヤ……」

麻美は慌てて足を閉じたが、間に合わず、徹也はショーツの股布部分のすき間に指を侵入させた。

「くうっ！」

指は女教師のワレメをとらえ、秘裂にめり込んだ。明らかに中は湿っていた。

「どう、徹也？」

「ちょっと濡れています」

「あら、もう濡れてるのね」

からかうように言われ、麻美は顔を背けた。

「先生をもっと気持ちよくしてあげなさいよ、私が見ている前で」

景子の目を意識しながら麻美を悶えさせるのかと思うと、興奮を抑えられない。股間のそそり立ったものが、力強く反りかえった。

「ああっ……」

何とかブラジャーを外すと、たわわな乳房が現れた。徹也はすがりついて巨乳にほおずりしながら、ボリューム感と柔らかな弾力を楽しんだ。

麻美は彼を押しのけようとしたが、敏感な乳首に舌を伸ばすと、とたんに体の力が抜けてしまった。前よりも感じやすいように思えたが、景子に見られて彼女も興奮しているのかもしれない。

「徹也は大きなオッパイが好きなのね」

「別に、そういうわけじゃないです……」

景子の指摘を否定しながらも、バストにむしゃぶりついていた。甘いミルク臭を胸に吸い込みつつ、乳首を唇で挟んで吸引を加える。

もう一度、股布のすき間から手を入れると、さっきより濡れていた。景子に命令されたので、手だけでなく、この目で確認しなければと思い、ショーツを脱がせにかかった。

「ダメよ、それは……ああっ……」

抵抗しようとしても、麻美は思うように力が入らないらしい。あっさりというほどではないが、乳首を舐めながらショーツをずりおろすと、さほど手間取ることなく、脱がせることに成功した。

枕に寄りかかっていた麻美の体がずれて、ほとんど仰向けに近い状態になったので、徹也はそのまま彼女の下半身に顔をうずめようとした。

さすがに麻美は彼の頭をブロックしようとするが、足を閉じることができない。逆に大股開きのポーズになってしまい、蜜液で濡れた秘貝が、いやらしく口を開いているのが見えた。

ふと気がつくと、いつの間にか景子が横にいて、麻美の足を押さえつけていた。大股開きにできたのは、そのおかげだったようだ。彼女も興味津々で麻美の秘貝に見入っている。

「さあ、思う存分、舐めてあげなさい」

気のせいか、いくらか声がうわずっているように聞こえた。最初は冷ややかな口調だったが、微妙に変化しているようなのだ。

徹也は言われたとおり、顔をうずめて秘裂に舌を伸ばした。

「あくうっ、許して……」

ワレメを舌でなぞり、小陰唇をめくると、秘貝全体がヒクヒクと反応するのが卑猥だった。愛液がさらに染み出し、舌を離すと、透明な糸を引いた。

「こんなに濡らしちゃうなんて、麻美がどれだけいやらしい女か、はっきりしたわね」

やはり景子の声はうわずっていて、ひそかに興奮しているのだとわかった。徹也もますます高ぶって、熱心に舌を動かした。ワレメの内側を懸命に舐めこすり、さらには秘穴に舌を差し込んで、えぐるようにこね回す。

「はうああっ……」

麻美は悩ましい声をあげて悶えた。腰が暴れて舌から離れてしまうと、自分から秘裂を押しつけてきた。初めてバスルームでセックスをしたときと同じように、教師であることを忘れつつあるようで、女としての側面がどんどんあらわになっている。

ワレメを舌で広げると、愛液がトロッと溢れ出し、アヌスを伝ってシーツに大きな染みを作った。

「他人の行為を見るのって、興奮するものね」

景子は怒りをどこかへ置き去りにしたような口ぶりで言った。麻美のことを許す気になったのだろうか。それはわからないが、どちらにせよ、今は怒りより興奮に支配されているに違いない。

徹也としても、命じられたこととはいえ、麻美にクンニしているところを景子に見られ、激しく興奮がこみ上げている。

「先生のオマ×コ、トロトロです……」

「ひはああっ……」

高ぶりにまかせて露骨な言葉を口にすると、麻美の悲鳴とともに、秘貝がヒクッと反応した。濃厚な愛蜜が溢れ出たので、徹也は舌ですくい取り、たっぷりと味わった。

「私はこっちを味わわせてもらうわ」

景子がいきなり徹也の尻に舌を張りつかせた。てっきり彼女はすぐ横にいて、麻美の足を押さえているものと思い込んでいたので、びっくりした。

「見ていたら、我慢できなくなったのよ。こういうのも悪くないわね」

徹也が女教師の秘貝をクンニするのを眺めているうちに、自分も仲間に加わりたくなってしまったようだ。

彼女も興奮していることは気づいていたが、尻を突き出してクンニしていたので、舐めてくださいと言わんばかりの挑発ポーズだったのかもしれない。とにかく、景子に尻を舐め回されたことで、新たな興奮の波が襲いかかってきた。

尻の表面を這い回った舌は、溝に分け入って、そのままアヌス舐めに移行した。皺のすき間に唾液を塗りこめるような、ねちっこい舐め方で、甘い痺れが肛門からペニスへ直結する。

「あふうんっ、おかしくなっちゃう……」

「くふうっ、ぼ、僕もです……」

「遊んでいないで、クンニを続けるのよ」

たしなめられた徹也は、異常な快感に耐えながら、ヴァギナに舌を押し込み、たまっている愛液をかき混ぜた。

とろけた秘穴に尖らせた舌を出し入れさせると、クチュクチュという音が鳴り響く。愛液が徹也の唇から、あごまで伝い落ちていった。

合体しているわけではないが、徹也は三人の間に一体感が生まれているように感じた。アヌス舐めとクンニの快感が、絆の役割を果たしているのだ。

「ああんっ、くふううっ……」

「麻美の声、教員らしからぬ色っぽさね」

景子は尻穴をねぶり尽くし、アヌス皺を舐めほぐすだけでなく、前に手を回して勃起したものを刺激しはじめた。

「ひくうっ、景子さん、しごかないでください……」

「何言ってるの。いつも以上に硬くなってるじゃない」

ペニスとアヌスのダブル攻撃は、気が変になるほど気持ちよかった。手とひざをベッドについたこの体勢だと、後ろ向きで立っていたときとは違って、舌が尻穴にしっかり届くのだ。

肛門の刺激はペニスに直結して、まるでいきり立ったものを外側と内側の両方から責められているように感じるのだった。

「あくはあっ……」

徹也はアヌス舐めの快感にきりきり舞いしていた。どうしてもクンニがおろそかになってしまうので、少し気持ちをそらそうと思い、ことさら激しく舌を動かした。

「はふうっ、あうぅ……」

すると、麻美はいっそう甘い声を漏らし、身をよじらせて悶えた。徹也ははみ出した小陰唇をねぶり回し、さらには舌を秘穴の奥まで潜り込ませて、内部のヒダの感触を楽しんだ。

徹也はふと、肝心なところをまだ舐めていなかったことに気がついた。それはクリトリスだ。

早速、ワレメの上部に唇を押しつけ、舌先で肉豆をこね回した。

「あふはああっ……」

とたんに麻美の腰が波打って、甲高い声があがった。徹也はさらに舐めたりつついたり、あるいは吸ったりと、様々なやり方でクリトリスを責めつづけた。そのつど麻美の反応もいろいろ変わるので、ますます熱がこもっていく。

いつの間にか、景子の舌はアヌスから玉袋へと移動していて、それに気づくとフェラチオの期待が高まった。

「そのまま僕のをしゃぶってください」

景子が仰向けになって股の間に潜り込んだので、しゃぶりやすいように、ひざの位置をずらして腰を落とした。すかさずサオの付け根から先へ向かって舌が這い上がった。

「はぐっ……」

彼女は亀頭まで舐め上げると、そのまますっぽり口に含んだ。

くわえたところは徹也に見えないが、自分たちの姿を頭に描くと、卑猥な気分が盛り上がる。何しろ、女教師の秘裂を舐めながら、美人司書に股の間に顔を突っ込まれ、フェラチオしてもらっているのだ。もしこの場を撮影できれば、かなりのお宝動画になるのは間違いない。

「ふぐうっ、うぐぐぐっ……」

景子はのどの奥までペニスを呑み込み、いやらしい音を立ててしゃぶりまくっている。おかげで徹也は、みるみるうちに切羽詰まってきた。

ところが、彼女は追い打ちをかけるかのように、徹也の尻をつかんで、指先でアヌスを刺激しはじめた。アヌス舐めと手しごきの組み合わせも素晴らしいが、フェラチオとアヌスいじりを同時にやられると、強烈な快感に翻弄されてしまう。

しかも、はち切れそうな亀頭に吸引を加えるものだから、一気に限界が迫ってきた。

「おううっ！」

麻美のクリトリスをねぶることに意識を集中しようとしても、気持ちよすぎてなかなかうまくいかない。それでも何とか舌を動かして、懸命に肉芽を舐めこすった。

「ひううっ！」

すると、淫らな叫び声といっしょに、麻美のワレメから少量の液体が迸り、徹也の顔にもちょっとかかった。びっくりしたせいで、射精の予感がほんの少しだけ遠のいた。

これがうわさに聞く潮吹きだろうか。それとも、肉豆を刺激され、オモラシしてしまったのか。どちらにせよ、麻美がちょっとしたアクメに達したのは間違いなかった。

「はぐっ、うぐっ、はぐっ……」

一方、景子のフェラチオは激しさを増していて、尻穴のほうには細い指がめり込み、アヌス皺が陥没したようだ。

ペニスの暴発は時間の問題で、気持ちよすぎて何が何だかわからなくなってきた。それでも徹也は機械のように舌を動かして、クリトリスをねぶりつづけた。

「ひいいっ、もうダメ、イク！」

とうとう麻美は本格的に昇り詰め、またもや秘貝が潮を吹いた。今度は量が多く、顔にもろに浴びてしまい、シーツにもたっぷりまき散らされた。

「あぐぐぐっ！」

「おおうっ、出るうっ！」

その直後、徹也も勢いよくザーメンを噴き上げた。

景子は彼のものが何度か激しく脈打っても、亀頭をほお張ったままでいた。夥《おびただ》しい量の精液が流し込まれたが、一滴もこぼさず口で受け止め、のどを鳴らして飲み干した。

3

麻美はベッドにぐったり横たわっていた。うつろな目でぼんやり天井を見ている。あまりにも気持ちよすぎて放心状態なのか、あるいは二度も潮を吹いてしまい、この状況をどう受け止めていいかわからないのかもしれない。

それでも徹也が横に倒れ込むと、体をずらし、場所を空けてくれた。ザーメンをしぼり取られた彼も、頭が少しぼんやりしている。

「二人仲良く果てたりして、ちょっと嫉妬しちゃうわね」

景子が穏やかな声で言う。先ほどの怒りは鎮まっているようだった。クンニをする徹也の尻を責めはじめ、二人の行為に加わった時点で、麻美のことはある程度許していたような気もする。

徹也に添い寝するようにして、景子もベッドに体を横たえ、三人が川の字になった。徹也を真ん中にして、右に景子、左に麻美が並ぶ。美女二人に挟まれて、まさに両手に花だった。

「大学時代も、こういう形で問題を解決すべきだったのかしら、二股かけた男を共有するというかたちで」

景子が誰に言うでもなく、ぽつりと呟いた。

「共有ですか」

「でも、あのろくでもない吉崎では、それは無理だったわね。徹也なら、三人でいい関係を結べそうだわ」

顔のすぐ横で、景子がにっこり笑った。すると、しばらく休んでいるものと思っていた麻美が、反対側から口を挟んできた。

「景子が言っていることは理解できるけど、私は教師だから、生徒に手を出すのはやっぱりまずいわ」

「だけど、徹也とのセックスは気持ちよかったんでしょ」

「それはまあ、そうだけど……」

麻美は教え子と淫らに戯れる快感に目覚めたものの、教師としての罪の意識を忘れることはできないようだった。

「何も学校でいちゃいちゃしろと言っているわけではないのよ。少なくとも、プライベートなら許されるはずだわ」

「いくらプライベートといっても、私は教師なのよ」

「四六時中、教師である必要はないでしょ。その前に、一人の女であることを忘れてはいけないわ。もちろん、徹也には、セックスに溺れたりしないで、しっかり勉強してもらわなければいけないけどね」

「そんなに単純には考えられないわ」

麻美はまだ迷っている様子だった。

「ちょっと試してみましょうよ。大学時代のようになりたくはないでしょ。たとえうまくいかなかったとしても、そのときはそのときで、また考えればいいわ」

「試してみるって……」

戸惑う麻美をよそに、景子は服を脱ぎはじめた。それを見て、徹也の股間がウズウズする。彼女の口の中にたっぷり射精したばかりだというのに、新たな期待が膨らむのを、抑えられない。

麻美は半身を起こし、片肘をついて目を丸くしている。何を始めるつもりか、訝《いぶか》っているようだ。

景子は着ているものを全部脱いでしまい、徹也に抱きついて、乳首を舌で悪戯しはじめた。舐めたり弾いたりしながら、さらに手を下腹に這わせ、ペニスを包み込む。

やんわり握られただけで、徹也のものはみるみる回復して、硬く勃起していった。

これから魅力的な年上の二人に可愛がってもらえるのかと思うと、武者震いが起きた。ところが、麻美は景子の手や舌をじっと見つめるばかりで、まだ迷っているようだった。

景子はそんなことなどお構いなしで、愛撫にためらいがない。乳首を離れたかと思うと、唇を重ね、舌を差し込んできた。徹也も夢中で舌を絡め、唾液を混ぜ返した。

麻美はディープキスを間近で見せられ、そのうちに我慢できなくなったようだ。腕に巨乳が押し当たるのを感じた直後、麻美が顔を近づけてきた。ほおに唇が触れ、温かな鼻息が耳のあたりをくすぐった。

ディープキスをしているときに、別の女性の唇が触れるなんて、想像すらしたことがなかった。それはこの上もなく幸せな気分をかき立ててくれる感覚だった。

すると、麻美がほんの少し動いて、徹也の唇に近づいた。本当は唇を重ねたいように思えたが、景子が離れない限り、それは無理だ。顔が邪魔になって、それ以上は近づけない。

二人のほおは触れ合っていて、見ようによっては麻美が徹也の唇を狙って、景子がそれを阻んでいるようでもある。実際は麻美にそんな強引なところはなく、遠慮がちに近づいただけだった。

ところが、景子はディープキスをやめて、唇をすっと横にずらし、代わって麻美の唇が重なった。まるで二人の気持ちが通じ合っているかのように、すんなりと交替したのだ。

代わるとすぐに麻美の舌が差し込まれた。景子よりもほんの少し厚みが感じられ、徹也の舌を左右にこする。彼もそれに合わせて絡め、縦に弾いたり、または横にこすったりもした。

景子のキスは積極的だが、麻美の方は優しい感じする。だが、口内を隅々まで舐めてくれて刺激的だった。

「むうっ、はああっ……」

舌を絡めながら、麻美が喘いだ。徹也も興奮で息が荒くなっている。何しろ、女性二人と立て続けにディープキスをしているのだ。口の中で三人の唾液が混ざり合うなんて、普通はなかなか経験できないことで、童貞を卒業してそれほど日がたっていない徹也にとっては、夢のような出来事だった。

景子はほおから耳へと舌を這わせ、熱い息を吹きかけながら、舐め回している。しかも、ずっとペニスに手を添えていて、やんわり握ったり緩めたりを繰り返すので、徹也のものは力強く反り返ったままの状態だ。

しばらくして、景子が耳から唇へ戻る気配を見せると、麻美はあっさり引き下がった。

だが、景子は上から唇を重ねるのではなく、舌を伸ばして横から入れてきた。徹也の唇の半分を空けた状態にしたので、そこへ麻美が舌を差し込んできた。

左右両方から、二人の舌が同時に入るなんて、徹也には考えられないことだった。しかも、無言の連携プレーは見事というしかない。

徹也はどちらの舌に絡めようか迷ってしまい、両方をせわしなく行き来するしかなかった。そのうちに景子と麻美の舌も触れ合い、さらには唇を重ねて女同士のディープキスにまで発展した。これで景子と麻美は、完全に和解できたに違いない。

仰向けに横たわったまま、徹也はなまめかしい彼女たちの舌の動きを感じて胸を高ぶらせた。だが、黙って見ているつもりはない。二人の間に割って入って、いっしょに舌を絡め、こね回した。

「くはあっ……」

徹也が真上に舌を突き出すと、二人がそこに舌をまとわりつかせてきて、唾液が糸を引いた。

景子はそそり立ったペニスから手を離し、再び指先で徹也の乳首を弄びはじめた。

一方、左腕は麻美の二つの乳房で挟まれており、彼女のディープキスに熱がこもると、柔らかな巨乳がはしたなくつぶれてしまった。

徹也の唇からほおにかけては、二種類の唾液でまみれ、全身は彼女たちの甘い匂いに包まれていた。

濃密すぎるキスをたっぷり堪能したあと、景子と麻美の舌は唇を離れ、首筋から胸へと這いおりていった。

第八章　貪欲な牝たちの性の饗宴

1

大きめのベッドに横たわって、魅力的な年上の女性たちに体中を舐めてもらい、徹也は天国にいるような気分を味わっていた。司書の景子が右側、教師の麻美が左側から、今は彼の乳首に唾液を塗りつけている。

女性に乳首を舐められるのはちょっとくすぐったいような気持ちよさがあるが、ダブルで乳首を責められると、体がおかしくなって身をよじらせるしかない。年上女性たちの前で、情けない声をあげることになってしまった。

「徹也の悶え方、可愛いわね」

景子は妖艶な笑みで徹也を見つめると、乳首をねぶるだけでなく、唇を密着させ、吸いはじめた。とたんに快感がアップして身をよじらせたが、それでも乳首から唇を離さず、吸いつづけている。

「下半身にはこんなにたくましいものが生えているのに、女の子みたいだわ」

麻美はうれしそうに言いながら、乳首を舌でソフトにつつき回し、唾液をまぶしている。それほど刺激は強くないのに、ぞくぞくするような快感がこみ上げてくる。

乳首をさんざんいじめてから、二人の舌は腹部に移動した。脇腹を舐められるのは意外に気持ちいい。

さらに太ももの付け根のあたりまで舌が進むと、フェラチオの期待が膨らんだ。どちらが先に口に含むのか、あるいはいっしょに舐め回してくれるのだろうか。

だが、二人とも目の前でそそり立っているものをなかなか舐めようとしない。しかも、景子は膨張した亀頭や玉袋に息を吹きかけて焦らすので、もどかしさを覚えてしまう。

「徹也はお尻が弱いのよ」

「そうだったわね。この前もお風呂場でお尻にタッチしたら、喜んでいたわ」

二人はそう言うと、ほとんど同時に起き上がった。

「足を上げなさい」

景子が徹也の右足を持ち上げると、麻美も左足をつかんで手伝う。赤ん坊のおむつ替えのようになり、恥ずかしいことをやらされる気がしたが、逆らうわけにはいかなかった。両足を持ち上げられ、尻がベッドから浮いた。

「もっとよ」

景子が尻の下に手を差し込み、さらに持ち上げる。麻美もつかんでいる手に力を込めた。

「恥ずかしいです……」

男だからマングリ返しとはいわないが、アヌスが丸見えのとんでもない恰好になってしまった。すかさず、景子が尻の下に枕を入れたので、アヌスをさらけ出すポーズで固定されてしまい、二人の視線がむき出しの尻穴に突き刺さった。

「これでいじめやすくなったわ」

景子が尻を舐めるのと同時に、麻美の舌も張りついて、両側からそれぞれの唾液が塗りつけられる。

「ううっ、二人がかりで舐めるなんて……」

そのまま景子が尻の溝に入り込み、アヌスを舐めはじめた。皺をぐりぐり舐めほぐし、尻穴を舌先でつつき回す。

「ひいいっ！」

「相変わらず、ここが敏感ね」

アヌスに唾液をたっぷりとまぶされて、それが尻の溝を伝い落ちるのがわかった。下に敷いている枕に、唾液の染みができてしまうかもしれない。

一方の麻美は、尻から離れて、玉袋に舌を這わせた。玉袋の皺を舌先でなぞったり、睾丸を片方ずつほお張って口の中で転がしたりする。アヌスをさらした恥ずかしい恰好なので、彼女たちにやられていることが徹也には丸見えだ。

しばらくすると、麻美は舌でサオを這い上がり、張り詰めた亀頭を舐めこすった。

「おうおっ、そ、そんなことしたら、ヤバイです……」

フェラチオとアヌス舐めのダブル攻撃は強烈だった。急激に快感が高まり、思わず身をよじってしまった。

「そんなに暴れないで、おとなしくしなさい」

「ダメです、お尻が勝手に動いちゃうんです……」

枕から尻が落ちそうになったが、景子がしっかりと手で押さえており、舌はアヌスにぴったり張りついたままだ。麻美の亀頭舐めも続いている。

景子が尖らせた舌をアヌスにめり込ませると、徹也のものは激しく反り返り、尿道口から先走り液を漏らしながら暴れ回った。

「ふふっ、景子に舐めてもらって、お尻の穴が本当に気持ちいいのね。オチ×チンが大暴れしてるわ」

麻美は教え子の反応を楽しんでいる。アヌスの快感がペニスまで伝わるので、景子に責められてめろめろなのが、すっかりバレてしまっている。しかも、揺れ動く亀頭に巧みに舌を這わせ、ダブルで責めることも忘れない。

徹也は二人の体に手を伸ばし、反撃を試みようとしたが、彼女たちの快楽責めが激しすぎて、そんな余裕はまったくなかった。

「私も徹也君のお尻の穴を味わってみたい」

「そうね。いっしょに舐めましょ」

景子は過激なことを言うが、そんな狭いところを二人で舐められるはずがない。だが、やってもらえるならうれしい。

そう思っていたら、景子がどいて、代わって麻美が舌を伸ばした。攻撃的な景子と違い、尻穴をいつくしむような舌遣いだが、それが妙にいやらしく、刺激的だった。

すでにたっぷり付着している景子の唾液の上に、麻美がさらに塗り重ねる。そうやって肛門をネトネトにすると、麻美は意外とあっさり離れてしまった。

するとまたすぐに交替して景子がねぶりはじめ、皺を伸ばすようにぐりぐり舐めほぐす。

「あひいっ、お尻の穴がとろけちゃいます……」

また激しい舌遣いに見舞われ、徹也は歓喜の声をあげた。尻を揺らして悶えると、再び麻美に代わり、ねっとり優しく舌を這わせる。硬軟取り合わせたダブルのアヌス舐めで、恥ずかしさと気持ちよさが渦を巻くようにかき立てられる。

徹也は完全に翻弄されていた。阿吽《あうん》の呼吸といっていいほど、二人の責めは息が合っている。考えてみると、先ほどのディープキスもそうだった。彼女たちは、かつての親友同士にすっかり戻っているようだ。

「ううっ、もうダメです、変になりそうで……」

徹也が訴えても、二人は耳を貸さず、交互にアヌス舐めを続けた。

交替する時に、二人の舌が接触しているのがわかった。最初は気が急いてそうなるのかと思ったが、どうやらわざと触れ合っているようだった。女同士でディープキスをしたくらいだから、徹也の肛門を舐めながら、自分たちも楽しんでいるのだろう。

「くふううっ……」

肛門はヒクヒクとはしたない開閉を繰り返している。徹也が意図的に力を入れたり緩めたりしているわけではなく、勝手にそうなってしまうのだ。

「お尻の穴がパクパクしてるわね。もしかすると、徹也君、舌を差し込んでほしいんじゃないかしら。

「そうみたいね」

麻美の言葉に、景子がすぐさま反応した。舌の先を尖らせて、アヌスに突き立てたのだ。

「おおっ、おおおおっ！」

中まで挿入はできないが、肛門のすぐ内側の粘膜が舌でこすられ、くすぐられるような快感が湧き上がった。ますますヒクついてしまい、力が緩んだ瞬間、舌が深く入りそうな感覚に襲われる。恥ずかしさと気持ちよさが混ざり合って、徹也はギブアップしそうになった。

だが、ペニスには直接刺激は加えられていないので、そう簡単に射精することはなかった。イキそうでイカない、ぎりぎりのところで焦らされているような感じがして悩ましい。

しばらくすると、麻美が代わって舌を突き立てた。景子ほど強くはなく、優しいタッチだ。ところが、景子が尻をつかんで、ぐいっと広げたので、内側の粘膜がはしたなくさらされ、麻美の舌がかなり入り込んできた。

「うはあっ、そんなに広げないでください……はうっ……」

「ふふっ、ずいぶん気持ちよさそうね」

徹也が悶えるのを、景子は楽しそうに眺めている。ふと目が合ってしまい、恥ずかしさが頂点に達した。

また交替しても、景子は尻をつかんで広げたままなぶりつづけた。その周りを麻美の舌が這い、繊細な刺激で責めてくる。

ようやく過激なアヌス舐めが終わり、徹也の腰の下から枕が引き抜かれた。アヌスは唾液でふやけていたが、ペニスは鋼鉄のように硬くなっている。

「私、徹也が麻美とどんなセックスをするのか見てみたい」

景子に促され、徹也と入れ替わりに、麻美がベッドで仰向けになった。徹也と景子が見つめる前で、彼女は両足を開いた。

2

最初に射精したあとも徹也の勃起が持続しているのと同様に、麻美の秘貝も潮吹きをしてから、ずっと濡れたままの状態を保っていた。

きっと麻美だけでなく、景子も興奮しながらアヌス舐めをしていたので、秘裂に愛液が染み出しているに違いない。

徹也は開いた太ももの間に腰を据えて、ワレメに亀頭をあてがった。いきり立ったものを濡れそぼったスリットに押し込みながら、彼は麻美の表情をじっくり鑑賞した。

「あはあっ！」

麻美は甘い声をあげ、体をのけ反らせた。うっとり目を閉じて、いかにも気持ちよさそうだ。

「スムーズに入ったわね」

景子は斜め前から結合部を眺めて言った。その声に反応したのか、あるいは視線を感じているのか、ヴァギナがぎゅっと締まった。

麻美の上に覆いかぶさって、正常位の体勢になる。オーソドックスな体位だが、その普通さが逆に新鮮だった。

じっとしていても十分気持ちよかったが、景子に見せつけてやりたい気持ちになり、徹也は腰を動かしはじめた。

「はあっ、はあっ、はああっ……」

ヴァギナにペニスを出し入れさせると、秘肉が波打ち、麻美が色っぽい声をあげた。乱れた表情を見たくて上半身を少し浮かせると、揺れまくり、ぶつかり合う巨乳が目に飛び込んできた。

そのとき、尻に景子の手が触れた。知らぬ間に彼女は後ろに回り、結合部を覗き込んでいたのだ。

「すぐ近くで見ると、特にいやらしいわね」

彼女の視線が刺激になり、亀頭がさらに膨張してしまった。

「ひはああっ、私の中でまた大きくなったわ」

その声で、逆に徹也はヴァギナの感触を意識した。秘穴の奥のほうで、肉ヒダが蠢いて、ペニスをやんわり揉み込んでいる。入り口の強い締めつけに比べるとずいぶんマイルドだが、妖しく、卑猥な動きだった。

「こんなのを見せつけられては、たまらないわ」

景子の声はかすれ気味だ。麻美の膣穴にペニスが出たり入ったりする様子を目の当たりにして、淫らな気持ちになっているのは間違いない。他人のセックスを生で見るなんて、もちろん初めてだろう。

あるいは、自分で言い出しておきながら、徹也と合体した麻美にジェラシーを感じているのかもしれない。

「ああんっ、あああっ……」

徹也が小刻みに腰を動かすと、麻美の声がいちだんと高くなった。亀頭のエラが肉ビラを揺さぶって、秘穴にたまっている蜜汁がかき出されるようだ。グチュグチュといやらしい音が、だんだん大きくなっていく。

景子が尻を撫で回しながら、さらに接近する気配がした。その直後、背中を舐められ、心地よい電流が走った。

「はうっ、け、景子さん……」

せっせと腰を動かしながら、徹也は思わず喘いでしまった。麻美とセックス中であるにもかかわらず、背中に唾液を塗りつけられ、ぞくっとする快感が体の中を駆け抜けていった。

景子はそれだけにとどまらず、尻を撫でていた手を前に回して、乳首をいじりはじめた。快感で身をよじらせると、ピストン運動のテンポが狂ったり、挿入角度が変わったりする。それが思わぬ刺激となって、さらに悶える結果になった。

乳首をタッチしていた手はまた下へと伸びて、尻を撫で回された。何となく気を持たせる撫で方だと思ったとたん、溝に潜り込んでアヌスを捉えられた。

「うくうっ……」

指先でつつき回され、アヌス皺が陥没するほどプッシュされて、徹也は背中をのけ反らせた。この責めは強烈だった。セックスの真っ最中に、特に敏感な部分をほかの女性にいたぶられるのだからたまらない。

麻美とつながっている徹也を、景子はなおも責め立てた。耳たぶを噛んだり、乳首を軽くつまんだり、背中を舐め回したり、さらには玉袋を揉んだりもする。

「くはああっ、オチ×チンが暴れてるうっ……！」

麻美の喘ぎ声が部屋中に響き渡った。秘肉がペニスを包み込み、不規則に繰り返されていた収縮と弛緩が、立て続けに起きるようになった。

気持ちよくてサオの付け根まで深く突き入れると、麻美はひと突きごとにベッドの上で体をくねらせる。アクメは確実に近づいていた。

はしたない乱れ具合に興奮をあおられ、腰遣いが速まった。秘肉をえぐるように、ペニスを力強く出し入れする。

「ひくうっ、ひはああっ！」

膣壁が激しく打ち震え、麻美は一気に昇り詰めた。先ほどのクンニで一度アクメに達していたので、イキやすくなっていたのかもしれない。

ヴァギナが引きつるように収縮して、ペニスはとろけそうな快楽に包まれる。徹也も危なかったが、何とか射精を我慢することができて、その後もほどよい締めつけがしばらく継続していた。

「麻美をイカせたのね」

景子は尻のほうから手を入れて、膣穴に突き刺さっているサオの付け根の部分を、いとおしそうに撫でた。射精をこらえてなお硬いままなのを確認しているのかもしれない。

徹也はさわさわと撫でられるまま、ゆっくり引き抜いた。すると景子は、麻美の愛液にまみれた亀頭を撫で回した。

それから、麻美の横で手とひざをつき、こちらに尻を向けた。見ると、景子の秘裂からも愛液が漏れ出している。やはり、麻美と徹也のセックスを眺め、彼の体に悪戯しながら、彼女自身も感じていたのだ。

徹也は横に移動し、美人司書のワレメにペニスをあてがった。

「はあんっ！」

成熟した秘裂に張り詰めた亀頭をなじませてから、サオの付け根までぐいっと押し込む。よく締まるのは麻美と同じだが、景子のヴァギナは締めつけるポイントが少し異なっていた。入り口部分とカリ首のあたりの二段構えなのだ。

徹也は何とか男らしさを発揮しようと、景子のヒップに腰を打ちつけ、なまめかしい秘穴にいきり立ったものを出し入れさせた。

「あはううっ……」

「セックスをしているときの景子って、本当に色っぽいわね」

麻美は体を横向きにして、徹也たちの交わりを眺めていた。表情は淫らな好奇心に満ちていて、教壇に立つ彼女からは想像もできない。他の生徒や同僚の教師が見たら、腰を抜かしてしまうに違いない。

「あうふっ、今度は、私が麻美に見られているのね……」

肉ヒダがペニスに妖しく絡みついて、亀頭をいやらしくマッサージしている。それも麻美に見られている影響に違いない。

だが、膣穴の反応に意識を集中すると、すぐさま射精しそうになってしまう。徹也は暴発の危機と必死に戦いながら、腰を動かしつづけた。

「私も徹也君に悪戯してみようかな」

景子と徹也のセックスを見て、さらなる興味をかき立てられたのか、麻美が起き上がり、後ろに回った。

ぴったりと抱きつき、徹也の背中に肌を密着させる。汗ばんだ背中にGカップのバストが押しつけられていた。

「先生のオッパイが……」

いろいろな方向から快感がわき起こるのが3Pの醍醐味かもしれない。景子と合体していながら、背中に押しつけられた麻美のバストが、つぶれて歪む感触が何とも悩ましい。

「あはうっ、はうっ、ひううううっ……」

景子が尻を振り乱したので、思わぬ快感に翻弄されそうになったが、何とかこらえることができた。

ベッドのシーツをつかみ、景子は口を半開きにして悶えている。亀頭が子宮口に何度もぶつかり、喘ぎ声はなまめかしさを増してきた。蜜穴はさらに溢れ返り、愛液も濃厚で粘り気が多くなっているようだ。

景子の気持ちよさそうなよがり声に嫉妬したのか、麻美は背中にバストを押しつけながら、指で尻穴をマッサージした。アヌス皺の柔軟性を確かめような触り方だった。

「あくうっ、先生、お尻の穴はダメです……」

「だって、ここが徹也君の一番のウイークポイントでしょ」

アヌス皺を指で揉みほぐされ、ペニスは限界まで硬く反り返った。麻美は尻穴を指でいじめながら、もう片方の手で玉袋にもタッチしてきた。

「おおっ、やめてください……」

麻美に責められ、徹也はアヌスをぎゅっとすぼめたが、そうすると下半身に力が入り、かえってペニスが爆発しそうになる。

「気持ちよすぎて、もう出ちゃいます……」

「あはあんっ、そのまま出していいのよ……」

意外にも景子が優しい言葉をかけてくれた。火照った蜜穴は締めつけと蠢きを繰り返している。

「本当にいいんですか」

「大丈夫よ」

徹也はピストン運動を中断せず、強烈な快感に身を委ねることにした。麻美にアヌスを責められながら、快楽の頂上まで一気に駆け上がる。

「ひいいっ、出ます！」

「あああんっ、私もイッちゃう！」

徹也はいきり立ったものを何度も爆発させ、景子の膣内に大量のザーメンを迸らせた。そのさなか、景子も背中をのけ反らせ、絶頂を迎えた。麻美に見守られながら、二人して快楽の高波に乗り、甘美な瞬間を味わったのだ。

3

朝、目を覚ますと、花のようないい匂いが漂っていて、徹也は一瞬、自分がどこにいるのかわからなかった。ベッドはセミダブルで、一人で寝ている。

だが、乱れたシーツを見て、すぐに昨晩のことが思い出された。景子と麻美の二人とセックスをして、素晴らしい夜をすごしたのだ。快楽を味わいつくし、何回も射精したあと、彼は疲れて裸のまま眠り込んでしまった。

彼女たちの姿が見えないので、すべて夢だったような錯覚にとらわれかけたが、ここは間違いなく景子のマンションで、鼻をくすぐる甘い香りは、景子と麻美の肌の匂いがブレンドされたものだった。

徹也はTシャツとブリーフを身につけ、二人を探すため、寝室を出た。

「あら、おはよう」

彼女たちはキッチンで朝食の準備をしていた。テーブルには野菜サラダとハムエッグが並び、トーストのおいしそうな匂いがした。

景子は黒っぽいキャミソールにショーツという恰好だった。麻美は白いTシャツ姿で、太ももと尻の境目が裾から覗いている。キッチンには朝日が差し込み、二人は輝いて見えた。

「朝食にしましょう。徹也は牛乳とオレンジジュースと、どっちがいい？」

「オレンジジュースで」

景子がグラスにジュースを注いでくれた。彼女たちは牛乳で、それぞれがテーブルにつくと、食事が始まった。徹也を真ん中にして右に景子、左に麻美が座っている。サラダもハムエッグもおいしいが、こうして三人で朝食を取ること自体が新鮮で、それがいっそう味を引き立てるようだった。

「徹也の初体験の相手は図書館の利用者で、人妻だったのよ」

景子が突然、理菜のことをばらしたので、危うくトーストをのどに詰まらせるところろだった。

「その人のことは徹也君から聞いたけど、人妻だったなんてビックリね」

「その女性の家まで押しかけたそうよ」

「押しかけたわけじゃありません」

慌てて景子の言葉を否定したが、彼女は楽しそうに微笑むだけだった。

「徹也君て、おとなしそうに見えて、案外、肉食系なのかもしれないわね」

「気をつけないと、私たちも浮気されるわよ」

彼女たちは顔を見合わせて、クスクス笑った。私たちも浮気される、と言われ、徹也は胸が熱くなった。一晩で二人と強く結びついたことが実感できたのだ。

食事が終わるとテーブルを片付け、麻美は流し台に立って食器を洗い、景子は豆を出してコーヒーを入れる準備を始めた。

徹也はテーブルについたまま、彼女たちの動きを目で追っていた。

洗い物をする麻美の後ろ姿は、何とも色っぽい。Tシャツの裾が揺れて、白いショーツがちらちら見えている。こんな超ミニスカの女教師が教壇に立っていたら、授業どころではなくなってしまう。

すすぎ終わった食器を乾燥機に移すとき、横向きになるたびにGカップのバストが揺れるのも興奮ものだった。見ているだけで、手触りまで思い出され、股間が硬く突っ張ってきた。

コーヒーを入れている景子もセクシーなので、目移りしてしまう。キャミソールにショーツだけで、ウエストからヒップにかけて、魅惑のラインを惜しげもなくさらしている。

「はい、どうぞ」

コーヒーカップを目の前に置かれ、徹也は思わず彼女の胸元に見入った。形のよいバストラインが見事で、キャミソールだと、ブラウスとも裸とも違う色っぽさがあった。

麻美にしても景子にしても、以前の徹也なら、気づかれないようにこっそり見ていたはずだが、今はもう遠慮なく眺めることができる。たった一晩で、彼女たちと密接につながる関係になれたのだ。

「気持ちのいい朝ね。私もコーヒーをいただくわ」

麻美の洗い物も終わり、また三人は元の位置に座った。

彼女たちは駅前にスイーツの店がオープンした話を始めたが、徹也はコーヒーを飲んだあと、それぞれどうするのだろうと思った。麻美と彼は今日は休みだが、景子は図書館の仕事があるのだ。

いっそのこと、また麻美の部屋に行って、二人で昨夜の続きをするのもいいかもしれない。そんなことを考えていると、突然、何かが足に触れた。

テーブルの下を見ると、景子が足を組み、爪先で徹也の足を撫でていた。さらに彼女は、ひざの間に足を入れてきて、ブリーフの股間に爪先を接触させた。

徹也のものが硬くなっていることを知り、景子の瞳が輝きを帯びた。麻美と話しながら、ちらっと徹也を見る。どうして硬いのかとでも言いたげだった。

すぐに視線を戻して麻美と話を続けるが、爪先を上下させて、股間の盛り上がりを刺激する。図書館で初めて彼女と関係を持ったとき、足でペニスを弄ばれたことを思い出すと、ペニスはみるみる硬く反り返ってしまった。

「ひっ……」

気持ちよくて思わず声が漏れてしまい、慌てて呑み込んだ。

麻美は不審そうに徹也と景子を見比べると、テーブルの下を覗き込み、口元に妖しい笑みを浮かべた。

「楽しそうね」

麻美も負けじと足を伸ばし、景子といっしょになって、股間をぐりぐりする。徹也は大股開きになり、両側からの責めを甘んじて受けた。二人は爪先でつつき回したり、足の裏で圧迫したり、交互に踏みつけたりして、好きなように弄んだ。

もうコーヒーを飲んでいるどころではない。さわやかな朝は、いつの間にか淫らな時間に変化していた。

「昨日、あれだけしたのに、まだ満足していないようね」

自分でちょっかいを出しておきながら、とがめるような口ぶりは、いつもの景子らしいところだ。

「今日は仕事を休むことにするわ。あなたたち二人をここに残していくわけにはいかないもの」

「それは賢明な判断ね。徹也君、ちょっとここに立ってみて」

麻美に言われて立ち上がると、ブリーフの股間はテント状態だった。布地に亀頭の形が浮かび上がり、先走り液が滲んでいる。

「すごいことになってるわね」

何のためらいもなく、麻美は手を伸ばした。睾丸から亀頭まで、長さを確かめるように撫でる。

「テーブルに横になりなさい」

景子が大きめのバスタオルを持ってきて、ダイニングテーブルに敷いたので、徹也は上にのり、仰向けになった。

「窮屈そうだから、脱いじゃったほうがいいわね」

麻美は手際よくブリーフを脱がせ、勃起したペニスをむき出しにした。景子は徹也の顔を真上から覗き込んだ。

「どうしてほしいのかしら」

「どうかしゃぶってください」

「仕方ないわね」

フェラチオをねだると、彼女はショーツを脱いでテーブルに上がり、徹也の顔をまたいだ。

いきなり目の前に秘裂をさらされ、ペニスが脈打った。景子はすかさずそれをつかみ、すっぽり口に含んだ。唾液をたっぷり分泌し、カリ首に舌を絡ませる。

「シックスナインなんて、最高です」

ワレメの外側はいつもと変わらない感じだが、甘酸っぱいような淫靡な匂いがする。徹也は大陰唇にほおずりしながら、夢中でクンニを始めた。予想どおり、秘裂の内部は適度な湿り気を帯びていた。

「おしゃぶりの音もエッチに聞こえるわね」

麻美は身を乗り出して、大学時代の親友がペニスをほお張る様子を眺めていたが、しだいに我慢できなくなってきたようだ。

「私にも舐めさせて」

徹也の足の方に回ると、テーブルの上に身をのり出して、股間に顔を近づけた。景子が亀頭だけをくわえて舐めると、麻美は反り返ったサオに舌を這わせた。

「おおっ、二人いっぺんに……」

ダブルのフェラチオは、ペニスとアヌスの同時責めとはまた違う気持ちよさがあった。だが、それに負けるわけにはいかない。景子の秘粘膜を懸命に舐めこすり、クリトリスを舌先でこね回した。

「はああっ……」

景子の腰が淫らに揺れ動いた。一度、喘ぎ声をあげたものの、必死のクンニ攻撃を受けても、景子のねっとりした舌遣いは変わらなかった。

むしろ、徹也のほうが二人がかりのフェラチオに翻弄され、秘貝を舐めるのがおろそかになりがちだ。

「徹也君はオッパイ好きだから、私ので挟んじゃおうかしら」

麻美の言葉に景子はすぐ反応した。ペニスを吐き出し、上半身を起こすと、代わりに麻美が彼の股間に覆いかぶさる体勢になった。次の瞬間、何と麻美は勃起したものをGカップのバストでサンドイッチしてしまった。

「あうっ、先生のオッパイ、柔らかいです」

女教師のパイズリに感動するあまり、クンニは中断せざるをえなかった。巨乳にペニスがしっかりと挟み込まれ、亀頭だけが顔を覗かせている。徹也の腰は興奮で打ち震えていた。

「徹也君のオチ×チンから、お汁が染み出しているわ」

「これは何なの？」

「先走り液です」

滲み出した先走り液がバストを汚している。麻美はパイズリしたまま舌を伸ばし、胸の谷間から顔を覗かせている亀頭を舌でねぶった。

悩ましい摩擦感と柔らかな圧迫感が同時に襲いかかってきて、腰がめろめろになってしまった。

やがて、夢のようなパイズリとフェラチオのダブル攻撃が終わり、麻美がペニスから離れると、それを待っていたように、景子が再びペニスをつかんだ。

「さあ、徹也はこれをどうしたいの？」

「今、僕が舐めていたところに入れたいです」

「わかったわ」

景子はペニスを握り締めたまま、体の位置を変えた。徹也の腰にまたがり、片足だけひざを曲げて、秘裂に亀頭をあてがう。

「はくううっ！」

そのまま体重をかけ、濡れそぼった秘穴で徹也のものを受け入れていく。

景子は最初、気持ちよさを表情に出さないようにしていたが、ペニスが少しずつ入っていくにつれて我慢できなくなり、サオが根元まで入り込んだとたん、口元を甘く歪めて喘ぎ声を漏らした。

「はあんっ、はあんっ……」

早朝のダイニングキッチンではしたない声をあげ、景子は淫らに腰を上下させた。ペニスは成熟したヴァギナに呑み込まれ、亀頭が子宮口にぶつかっていた。カリ首に肉ヒダが引っかかり、気持ちよくこすり立てられている。

徹也は膣穴の締まり具合に翻弄されながら、エロチックに乱れていく景子の表情に興奮を覚えたが、そんな彼を、麻美が興味津々で眺めていた。

「ふふっ、景子とエッチをするのがそんなにいいのかしら。気持ちよさそうな顔をして、憎らしいわ」

麻美は仰向けになっている徹也の頭のほうに移動すると、上半身を倒し、むき出しの巨乳で彼の顔を覆った。

「ああっ、先生……」

徹也はほのかなミルクの匂いに包まれ、胸いっぱいに吸い込んだ。Gカップの柔らかな乳房がグニャッとつぶれ、乳首が顔をくすぐった。

まさに顔面パイズリ状態で、息苦しささえ快感につながっている。窒息しそうになっても、このまま死んでも構わないという気持ちになるほど幸せだった。

麻美が胸の谷間で顔を挟み、こすり回した。そのまま左右に揺らすと、巨乳でビンタされているような形になり、ずっと続けてほしくなるほど気持ちいい。

「はふうんっ、吸って……」

教師らしからぬ甘ったるい声でおねだりされ、徹也は尖りかけた乳首を唇で挟み、口の中に吸い込んだ。強い吸引を加えると、バストが少し引き伸ばされ、小刻みに震えた。

「ふはあっ……」

突然、景子の腰振りが激しくなり、下半身で快感がわき起こった。

騎乗位なので、景子は好きなように腰を動かしている。結合部から愛液が漏れ出し、淫らな摩擦音とともに、妖しい匂いが三人を包み込んだ。

4

「景子、そろそろ代わってよ……」

「あふうんっ、はあんっ、悪いけど、まだ交代できないわ……」

自由に腰を振りまくっている景子は、麻美の頼みを断った。あくまでも絶頂に向かって突き進むつもりのようだ。

「仕方ないわね。徹也君の指で慰めてもらうわ」

麻美は徹也の顔面からバストを離し、セックスをしている二人の横に移動した。それから、彼の手を取り、太ももの付け根に導いた。

ワレメに指をめり込ませると、トロッとしたぬめりに満ちていた。徹也はすかさず中指を挿入し、ヴァギナをかき回した。

「はうっ、はああっ……」

女教師の秘穴はよく締まっている。中で指を屈伸させると、愛液が漏れてきて、手首のほうまで滴り落ちた。

「指、二本入れてもいいのよ」

麻美に促され、徹也は中指に加え、人差し指も突き入れた。スムーズに挿入できたが、付け根まで埋没させると、妖しい蠢きとともに二本の指が締めつけられた。そのまま出し入れして、密着した肉ヒダをこする。

「あはああっ、オチ×チンとはまた違った感じね……」

麻美はテーブルに両手をついて、腰を振り乱した。

締めつけはさらに強まり、指が動かしにくくなる。深くめり込ませた状態でグニュッと回転させてみると、秘肉がよじれるのがわかり、麻美は倒れそうなほど激しく悶えまくった。

「あくううっ、ひううっ！」

大きな喘ぎ声をあげた瞬間、引きつるような収縮が起きた。秘裂から愛液が溢れ出し、徹也の手のひらまで滴った。軽いアクメに達したらしい。

「指もいいけど、あなたたちともっと深く結びつきたいわ……」

徹也の手を取ってヴァギナから指を抜いたので、どうするつもりかと見ていると、麻美はテーブルの上にのった。そして、景子と向き合う形で顔の上にまたがったのだ。

「いっぱい舐めて」

先ほどのバストに代わり、今度は女教師の濡れそぼった秘裂を押しつけられた。しかも、騎乗位のセックスと顔面騎乗の強制クンニが同時進行する、貴重な体験となった。もちろん徹也は、舌を出してワレメをなぞった。

「くはああっ……」

シックスナインとは異なり、麻美は上半身を起こして、太ももで顔を挟みつけている。徹也が動かせるのは舌くらいだが、彼が舐めるというより、差し出した舌に麻美が秘裂をこすりつけている感じに近かった。彼女自身が積極的に腰を振っているからだ。

「はうんっ、はあんっ……」

「あふううっ、舐められるのも気持ちいいわね……」

景子と麻美の気持ちよさそうな声が、高いところから聞こえてくる。景子は腰を上下に動かしたり、「の」の字を描くように回転させたりした。秘肉の波打つような反応も、はしたない腰の動きと連動している。そろそろアクメが迫っているようだ。

「あくはああっ、もっと舌を動かして……」

徹也は条件反射のように麻美の命令に従った。リズミカルな腰の動きに合わせて、舌を縦に往復させる。顔の上で愛液まみれの秘裂を滑らせ、彼女もクンニだけでイキそうな気配だが、徹也も爆発の瞬間が迫っていた。

景子の腰がいっそう激しく動きだすと、とたんに限界がやってきた。それを訴えようとしたが、秘貝で口をふさがれていて、声が出せない。

すぐに我慢しきれなくなり、景子の中に射精してしまった。

その直後、景子がアクメに達し、膣穴が強く引き締まると、麻美もそれに続いた。ほとんど同時といってよかった。

「ひいいっ、イク！」

「あふううんっ、オモラシしちゃう！」

麻美は再び潮を吹いた。それを顔面にもろに浴びて、徹也は異常な興奮に襲われた。

景子は腰の動きを止め、突き刺さったペニスの脈打ちを満喫している。

それからしばらくして、景子が腰を持ち上げて結合を解くと、白濁液がワレメからドロッと垂れ落ちた。

さすがに騎乗位の激しいアクメで体力を消耗したのか、景子は力尽きたように、徹也の隣に体を横たえた。

麻美は潮吹きの後、徹也の顔にまたがったままでいたが、景子が横になるのを見て、すぐに上体を前に倒して徹也のものに顔を近づけた。

「景子の中にいっぱい出したのね」

そう言って、精液と景子の愛液が付着したペニスを舐め清めた。

「おおうっ……」

若いペニスは、一度射精したくらいでしぼむことはなかった。それどころか、麻美のフェラチオによって、完全な勃起状態をキープしている。

景子が騎乗位だったおかげで、徹也の体力は温存されていたが、濃厚な快楽漬けに見舞われて、頭の中がぼうっとしている。シックスナインの体勢なのに、なかなか反撃することができず、潮吹きの分泌液が滴る秘裂をぼんやり眺めているうちに、麻美の腰が離れていった。

「これなら、連続して頑張れそうね」

麻美は徹也の下半身に移動してこちら向きになると、勃起したものをワレメにあてがい、騎乗位でつながった。

「はあふうっ、本当に子宮を突き抜けるような感じね……」

すぐに下半身がくねりだして、景子に負けないくらいエロチックな腰振りを見せる。

女教師にあるまじき卑猥さだった。

「ああんっ、ああんっ、はふううっ……」

景子の騎乗位セックスと異なるのは、巨乳がダイナミックに揺れることだった。はしたない腰の動きに合わせ、Ｇカップのバストが大きく波を打ち、ぶつかり合っている。

騎乗位で下から眺めると、何とも刺激的な光景だ。徹也は本能的に手を伸ばし、柔らかなバストを揉みほぐした。

「はうああっ、オッパイを揉んでくれるのね……」

麻美のバストは手に余るボリュームで、しかも、激しく揺れ動くので、そのうちに手から飛び出してしまった。

躍る乳首を何とかつまむと、ヴァギナが強く締まり、いきり立ったペニスをしっかりとくわえ込んだ。

「はうんっ、はうんっ、乳首、弱いの。痺れちゃうわ……」

腰の動きを止めずに、麻美は上半身を前に倒し、抱きついてきた。乳房は揉めなくなったが、胸の上で巨乳がつぶれ、その重みや揺れをダイレクトに感じ取ることができた。

麻美はしっかり抱きついて、腰だけを上下させている。徹也も力強く突き上げると、下半身だけが激しくぶつかり合った。

麻美は腰を動かしながら、徹也の唇を奪ったり、耳の穴を舐め回したりする。汗ばんだ肌をこすり合わせ、女教師の淫靡な蜜穴を堪能しながら、ディープキスに応えると、二人の結びつきはさらに強まるように感じた。

景子に中出ししているため、徹也は長持ちしていた。逆に麻美は、先ほどの潮吹きのせいでイキやすくなっているようで、腰の動きがどんどん速くなっていく。

徹也と舌を絡ませ、彼の口に甘ったるい唾液を流し込みながら、麻美は昇り詰めた。秘肉が悩ましげに波打ち、ペニスを締めつける。麻美は勃起したものが一番奥まで入った状態で絶頂を迎えた。

「ひくううっ、徹也君のオチ×チン、最高！」

しかし、徹也はまだ二度目の射精には到らなかった。麻美といっしょにイキたい気持ちもあったが、ちょっとタイミングを逃してしまったのだ。

「あら、徹也はまだ出してないのね」

いつの間に復活したのか、景子が目ざとくそれに気づいた。

「あとは私に任せて。さあ、テーブルからおりなさい」

ぐったりした麻美の下から抜け出して、テーブルの横に立つと、景子はその前にひざまずき、張り詰めた亀頭を舐めはじめた。

麻美もふらつきながら近づき、テーブルからはみ出すように徹也の腰にしがみつくと、いっしょにフェラチオを始めた。二人の舌が亀頭とサオを争うように這い回り、唾液まみれにする。

仁王立ちの徹也は、テーブルにつかまり、体を支えなければならないほど気持ちよかった。いくら偉そうに立っていても、この二人が相手だと、めろめろにされてしまう。

「はぐっ、はぐっ……」

「ふぐっ、ふぐぐっ……」

景子と麻美は交互に徹也のものを口に含み、しゃぶりだした。こうなると、もう彼には太刀打ちできず、急速に爆発の瞬間が迫った。

「で、出ます……」

徹也は思わず腰を引いて、いきり立ったものしごきまくった。白濁液が勢いよく迸り、二人の顔にかかった。彼女たちは顔面を滴る精液を舌で受け止め、おいしそうに飲み干した。

景子と麻美は、愛液と唾液とザーメンにまみれたペニスを、いっしょになって舌で清めてくれた。唇やほおには付着した精液が残っており、それが何ともなまめかしい。いつまでもペニスと戯れる二人を眺めながら、徹也はこれ以上ない至福感を味わっていた。

それから、三人は後始末をして服を着ると、新しくコーヒーを入れて飲んだ。朝食のときよりも、さらに親密な雰囲気が漂って、まるでいっしょに住んでいるような気がしてくる。

「私も図書館で働こうかしら。教育の現場もやりがいがあるけど、本に囲まれて働くのも楽しそうだわ」

麻美は教員免許だけでなく、司書の資格も持っているのだという。

「そうね。せっかくだから、徹也も学校を卒業したら、図書館の職員になりなさいよ。歓迎するわ」

それはいい考えかもしれないと思ったが、もし景子や麻美がいるところに就職したら、きっと仕事が手につかないだろう。

今でさえ、景子とセックスをするようになってからは、気が散って仕方がなく、ボランティアの活動でミスばかりしているのだ。

「そういえば、徹也君は国語の作文で、将来、本屋さんになりたいと書いていたわね。それなら、三人で本屋をやればいいのよ」

作文のことを持ち出され、徹也はちょっと照れくさくなった。

しかし、図書館にせよ書店にせよ、彼女たちといっしょでは仕事にならないだろう。そうは思いながらも、徹也はぼんやりと将来の自分たちの姿を想像して、ほおを緩めてしまうのだった。

◉新人作品**大募集**◉

マドンナメイト編集部では、意欲あふれる新人作品を常時募集しております。採用された作品は、本人通知のうえ当文庫より出版されることになります。

【応募要項】未発表作品に限る。四〇〇字詰原稿用紙換算で三〇〇枚以上四〇〇枚以内。必ず梗概をお書き添えのうえ、名前・住所・電話番号を明記してお送り下さい。なお、採否にかかわらず原稿は返却いたしません。また、電話でのお問い合せはご遠慮下さい。

【送付先】〒一〇一-八四〇五　東京都千代田区三崎町二-一八-一一　マドンナ社編集部　新人作品募集係

美《び》人《じん》司《し》書《しょ》と女《じょ》教《きょう》師《し》と人《ひと》妻《づま》

著者◉真島雄二【ましま・ゆうじ】

発行◉マドンナ社
発売◉二見書房
東京都千代田区三崎町二-一八-一一
電話　〇三-三五一五-二三一一（代表）
郵便振替　〇〇一七〇-四-二六三九

印刷◉株式会社堀内印刷所　製本◉株式会社関川製本所　落丁・乱丁本はお取替えいたします。定価は、カバーに表示してあります。

ISBN978-4-576-16193-8